妖娆罪

YAO RAO ZUI

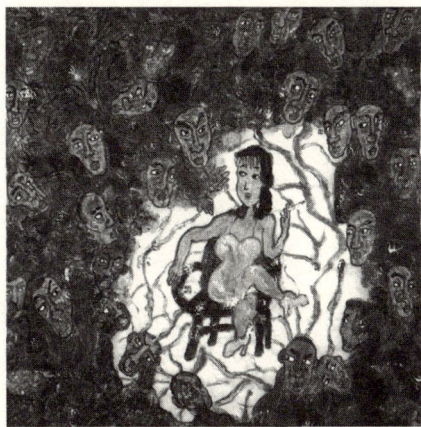

程　维——著

百花洲文艺出版社
BAIHUAZHOU LITERATURE AND ART PRESS

图书在版编目（CIP）数据

妖娆罪 / 程维著. — 南昌：百花洲文艺出版社,2017.10
ISBN 978-7-5500-2171-6

Ⅰ.①妖… Ⅱ.①程… Ⅲ.①诗集 – 中国 – 当代
Ⅳ.①I227

中国版本图书馆CIP数据核字（2017）第075025号

妖娆罪

程维 著

出 版 人	姚雪雪
责任编辑	袁 蓉 余丽丽
书籍设计	方 方
插 图	程 维
制 作	何 丹
出版发行	百花洲文艺出版社
社 址	南昌市红谷滩世贸路898号博能中心一期A座20楼
邮 编	330038
经 销	全国新华书店
印 刷	江西千叶彩印有限公司
开 本	720mm×1000mm 1/32 印张 8.375
版 次	2017年10月第1版第1次印刷
字 数	210千字
书 号	ISBN 978-7-5500-2171-6
定 价	35.00元

赣版权登字 05-2017-113

邮购联系 0791-86895108
网 址 http://www.bhzwy.com
图书若有印装错误，影响阅读，可向承印厂联系调换。

目录

卷一　上帝的旅行箱

卷三　故乡之敌

卷四　我亲爱的灵魂

卷五　恍若无名

上帝的旅行箱

（2015年诗选）

天神醉了

雪山在天空飞翔

要去追赶穿红袍的神，把飞机甩在后面

我从舷窗朝它打个招呼，快到江西地界了

它仍端着火红的酒坛，要扯住神的大袖

一起降到梅岭的山头来共饮

我看见西边彩霞满天，一定是天神醉了

要倒在西山酣睡，雪山早变成了薄锦，虚掩在它身上

从昌北机场出来，我也带着酒劲

浴仙记

昨天黄昏，我试图到赣江游泳

被水中的鱼咬了一口，我赶紧上岸

天边的云已脱光了衣衫

扑通一声跳下了水，圆滚滚的乳房

使江水涨了三寸

令我犹豫不决的是，我是再次下水

还是跑到天边，去偷走她的衣衫

西　山

落日朝西山去了，新建县一带

一片辉煌，仿佛天堂失火，燃着了西山

等待神仙前来扑救

又像许真君得道，鸡犬升天

一个仆人从镇上赶回来，边跑边喊主人把他捎上

他脚跟离地

如同一只塑料袋刮到了天堂

呼　吸

无边的暮色从何而起？是大地的心脏

还是天空的高处。飞鸟敛迹，航班延迟

仿佛出自苍茫的恐惧

由白转黑的布匹，包裹着城市的躯体

就像一次不动声色的谋杀。每个人都是活尸

潜在暮色里的霾，已把我们一网打尽

如同报纸上的铅字，被东家出卖

又收入财主囊中，而将剩下来的力气缚鸡

西山在阴影下陷落了，城市被雾霾越埋越深

沉沦的肺，如何拯救虚弱的呼吸

哑 巴

我用沉默，拒绝合唱

不管是金色的庆典，还是黑暗的死亡

在众声喧哗里，我宁愿是一个哑巴

蹲在街边，哑巴卖刀，

用刀斩钉截铁

一个哑巴什么也不用说，他的态度如此迥异

不抄袭他人的咳嗽，也不复制

上帝的声音

他无语。他的话在钢铁的锋芒上炸裂

上帝的旅行箱

傍晚，我望着天空出神

我心里有些话在地上找不到开口的人，就想对老天说

天上有什么呀，我坐飞机去过多遍

没有遇见神仙，他们肯定住在更高一层

一次又一次笑话我们脚力有限。只是我常常觉得

神仙也跟我们一样，要在天上混

偶尔下来一回，就像我们上天，叨扰人间烟火

打打牙祭

神仙落脚的地面，没有昌北机场大

无非西山几处小庙，潦草而荒乱，隐约一些寂寞

我这样想着，傍晚已经降落到了新建县

西山上，火红一片，天空哑口无言

一架波音飞机经过屋顶，仿佛上帝的旅行箱

下来的，都是凡人

祖　先

假如我一睡不醒

肯定是去和伟大的祖先会面

一同探讨永恒的命题，我们从哪里来

到哪里去？而在那短暂的来去之间

不明就里地做了什么事

是否有助于最终抵达所要去的目的地

当然，这是个有难度的探讨，伟大的祖先

轻易不会唤我过去，他在那边一定思考了很久

也在不断观察来来去去的人们

没有几个人能选定为他的谈话对手

那些看似饱经沧桑　或者阅尽红尘的人

在他眼里也不过是一具具行尸

无法偏离坟墓的终点

伟大的祖先　只挑选那些

得以颐养天年，炉火纯青的人

像棉被中一个温暖的梦，让人乐不思醒

而我肯定距祖先的要求还差得太远

也许几十年之后，假如我一睡不醒

肯定是去和伟大的祖先会面

那将是一个卑微者的最大荣幸

不　动

别的地方都在下雪，南昌除外

只有加速降温，把风再大，大院门口的旗

都快被风扯破了，它还在用力，仿佛力气比想象中

还要小些。行人可受不了，一个个都斜着身子

像剪纸一样脆弱，若是再吹一口气

就要飞到天上去。西山的云彩早就不见了

像是仙人收起了晾晒的锦被

他们是否也躲进了洞府避风，掩闭了山门

那么，吹上天的人，就没有谁能收留了

如果不小心吹到了南天门

没准就得吃天神的闷棍，南昌城便会突降大雪

街道店铺有压塌的危险，我得通知市民

赶紧脚系一块石头，尽量减少外出

即使蹲在厕所，亦须学老僧打坐

如如不动，大风也没办法，天神也拿咱没辙

登　高

重阳登高，我要搬动老腿

到高楼上去，看楼下的少年打马而过的景观

花枝招展的命妇，抱着锦服与华年不放

一手多好的牌呀不忍打完，我还要登高一点

昏花的老眼就能看见长安了，那个小人也登上了城楼

朝豫章挥手。我怀疑对方看不见这么远

看不见滕王阁，事实我也没到那里去

他挥一下手，滕王阁塌了半边

石头在赣江游泳，我在卫生间洗脸

一颗牙齿松动，啃不了喷香狗肉，只有饮茶吃蔬

将风湿的过往拿到秋阳下晒一晒

就是一把好光阴，我还要在高处望风

朝长安挥一下折扇，城楼上的小人就成了风中埃尘

南 墙

一个口吐飞刀的人，在南墙跟前束手无策

他所有功夫，顿成一张废纸

被小孩拿去擦屁股。而南墙一拔数丈

如同天书，他读不明白，也就无法逾越

穿墙的道士回峨嵋养伤去了

至今不敢下山，城里的南墙令他心有余悸

师兄磨拳擦掌，口衔一把利斧

肥壮的头陀，像移动的寺院，裤裆生风

等待他的，是我画在墙上的两头饿虎

12

苍 茫

又到了不知所措的时候

平日的一身本事，都忘到了脑后

面对四壁而起的暮色，你能拿什么来对付

雪 山

世界的雪，是以山的高度来衡量的

那些殉难于雪山上的攀登者，仿佛一根根钉子

刺疼了天空。神尖叫着，把他们击落

雪山上的殉难者

都是翅膀烧焦的天使，在飞翔中下坠

他们以上升的姿势下坠，他们不能呼吸

被雪堵住嘴巴，他们不能喊，回应雪山的呼唤

他们肢体僵硬着，仍咬住山顶

一根钉子刺疼了天空

它尖叫着下起雨来，安慰自己的痛楚

大　风

大风在沙井浩荡，大风来回走动

如同穿着铁鞋的人，好像沙井是它关注的地方

它要在此逗留，带着某种报复的本能

好像它跟谁有仇

沙井的人，被大风吹得摇摇晃晃

赶紧套上棉衣，闭牢门窗

如同来了强盗，担心把孩子抢走，引起一片恐慌，

沙井天空苍茫，变得与众不同

好像这里不是南昌，好像南昌已让大风吹掉了

我走在上班的路上，政府，人大，政协各部门

也在忙着，仿佛都在追逐被大风吹跑的重要文件

妄 想

我写了一首好诗，这个哆嗦的手指，仿佛因此而伟大

这个有些阴郁的时辰，仿佛因此而伟大

这个气息陈旧的陋室，仿佛因此而伟大，

那些屋外的事物，是否因此而伟大？我不得而知

那些屋外的人，是否干了更伟大的事？我不得而知

我写的这首诗很短

只有三句，念起来也就四五秒钟，不涉及大词

可就是这四五秒钟，它使我产生了一点不切实际的想象

仿佛我不是在南昌，而是在伦敦。仿佛我不是在沙井

而是在天安门

世界啊，请允许一个卑微的人

也有一点微不足道的妄想。并希望它没有惊扰别人

他仅是因为一时激动，放纵了一下自己的想象

不 语

妖
娆
罪

万物都在衰老，而将秋天老给我们看

万物都不吐露哀伤，

一把秋雨，下得比死亡还干净

大　师

大师出没在埋没他的地方

后人碰到的，都是大师的鬼魂

他们在遗作展上游荡，攀着枯山水的残骸伤风

又对附庸的风雅一再感冒，而对拍卖的尸气

千金万邑亦是不屑。他只热衷于附体

要把积聚三百年的一口灵气，吹足在他身上

让他大病，继而大悟，乃至脱去这身俗骨

埋首于烂纸臭墨，抱住山鬼的滚滚巨乳，空山灵雨

而沐浴。而好色。而不羁

对于写诗的前科，既往不咎。对于功名的垂注

那是要洗手金盆的，你的名声注定在后世

死有哀荣，这是要忍受的。众多的嫉敌与庸恨

属便餐。我已足够幸运了，既吓退了

大师鬼魂，又躲避了无辜的怨恨

我这辈子最大的成功

就是变为了一个快活的庸人

虹桥机场

飞机飞上天空，仿佛挂在那里，一动不动

一个十字架，垂在老天的胸襟，使我获得了庇佑

此时我正在上海虹桥机场，等候返回南昌航班

由于流量限制，航班照常误点，我透过候机大厅的玻璃

看见那架飞机，好像在头顶停住了

似乎在接受上帝的授勋

20

射 手

我要努力造一万条孬枪，

培养一万名孬射手

我要苦练射击本领，让子弹在战场失去准头

我每勾动一次扳机，也就是救命一条

如果你同意，咱就这么干了，没有附加条件

我要让枪变为烧火棍，顶多只能用它去爆

军阀的屁眼。如果双方都这么约定

战争就不用牺牲，英雄的梦想就得泡汤

将军也就无事可干，国王的奖章就成了废铁

这事儿多么地激动人心

士兵啊士兵，立马就可以回到家乡的夜店

喝酒泡妞，生活这东西依然美好，

不用我写诗，一只苍蝇也热爱和平

百年纪事

找了这么些年，不远万里

去伦敦投亲，到纽约撒英雄帖，结拜四海莠汉

险些阴沟里翻船，把英语读成了盲文

又从香榭丽舍大街兜一圈归来

买回一条三角裤，足足大了两号

等到缩水，好歹得辛苦半生

才勉强可以穿出去游泳

你的背景再深，也深不过老夫的墨镜

一把白胡子就能把你吹上天

从昌北机场落地，再到刘家村踩点

吃回锅肉，守着小区大门，不许瘪三进来

法兰西人民坐在鹅肝上招手致意

让爷们将这张老脸往哪搁，怎么面对众生

还好意思在沙井混，往米粉里洒胡椒

冒充胡人，真令人啼笑姻缘的

不是每次都能箭中靶心，走马观花

一日看尽长安灯，你就成了赵家三榜状元

抽万宝路香烟，做驸马

爱迪生发明电灯都好些年了，这帮小生
尚少不更事，哄拥着昌北卖春
写小诗度日，以白计黑，糟蹋生宣
仿佛这辈子不指鹿为马，下一世就誓不为人
有这么混的吗，我都文学爱好者了
你还好意思责备，也不看看农药价钱
比喝大酒划算。今晚纪念一下新诗百年
你我各饮一罐，如何？

秋风帖

秋风啊，我把你比喻为乌骓大马

纵缆狂奔，那响蹄覆盖了大地的箫声

仿佛冲向猛烈天空

要踏灭星辰，重新排列英雄的秩序

谁是始皇，谁是汉王，谁是西楚霸王，谁是吾

我是谁

羽之长戟啊，秋天的扫帚，划破沉黑

让吾划出一个新乾坤

虞呀，天河的水，不是乌江，怎可以为你濯身

翻滚的云，把天空都淘尽了

我倚马而立，扛着一杆扫把在江北发愣

航班误点

等飞机的时候，一般不能读诗

如果读到沉重的诗，飞机就超重了

偶尔也会想到写诗的鸟事

鸟是飞翔之灵，从不误点，这样想着

就好打发航班一再延误的时间

尽管写诗不会使时间缩短

也不会让时间变慢

有时坐着打了个盹，睁开眼来

什么也没有改变

陌生的天使仿佛死在附近

看 见

在这个世界里，肯定有许多
我们肉眼看不见的事物
比如神仙，比如预言，比如
窸窸窣窣的声音，或者潜伏已久的
外星人。我当然相信
看不见并不等于不存在

头上三尺有神灵，谁不祈求得到庇护
我也不例外。不做亏心事，不怕鬼敲门
沙井的夜路，我走得安全
电线杆上的撒旦，与我无关
哪怕夜路再黑，仍有光明导引，像天使
那是我能看见的温暖

五华夜宵

午夜街头，72度长乐烧酒精在燃烧

陆健的豪情沿着酒碗不断往上冒，南越王！来呀

这一碗，再敬你，我干了

五华县城的街道盯着他，一斤半下去

他竟扶桌而起，在冷风里兀立不倒

这个找南越王共饮长乐烧的好汉，诗坛四公子之首

乃神人也。简陋的夜宵店因此有了光彩

像一座小小的神庙，供着它的烧酒

供着夜半饮酒的人

打火机一点就燃的酒啊，酒精还在冒着

幽蓝的火焰，仿佛一炷香，请求上天的批准

扛彩电的人

一个扛彩电的人从街角走过

他斜着身体，样子有些蹩脚，仿佛被压垮了

还是乐颠颠的。我可以想象他嘴角叼着一根烟

脚下有一只绛红塑料袋子，里面塞满了生活垃圾

他每天都这样累着，走在街道上

没有谁攥他，是肩上的重量，压着他走快一些

若是步子放慢，受力更沉，剩下的还得走完

不会减少半步，重量还会加时

好在他扛着彩电，仿佛一部彩色的生活

当他走进家门，把它安放下来，喘一口气

有滋有味的生活就会上演，他比我更清楚

侏 儒

我结识的兄弟，都是好汉

我热爱的姐妹，都是美人

我内心豢养的却是侏儒

他天天挖苦我，嘲笑我，出卖我，背叛我

我反而成了他的靶子，他把我视为内心的侏儒

这个甩也甩不掉的影子，将伴随终身

这辈子我们空话连篇，离谎言只差一步

这辈子我们俯首低眉，学做好人，骨头软了

身子畸形；这辈子我们走夜路提心吊胆

磕磕碰碰，生怕在坟地遇上相貌堂堂的祖先

如果他一声喝叱

我们只有洗心革面，退回人间

手 套

妖
娆
罪

天空黑色的飞鸟

像一只戴黑皮手套的手

它能摘下什么

每当我将一把星子，向天边撒去

你就看到这把剑，在天上发芽的样子

朝生活怪叫

安静的小区，突然爆出一声怪叫

住在我楼下的一对母子

每次都是在我准备写作时，发出怪叫

是母亲发现了值钱垃圾

指令性地叫儿子去捡，儿子也回应一声怪叫

都是震颤耳膜的声音，证明他已先别人而得手

类似刺耳的怪叫，每日必出现多遍

与楼上拆墙的锤击

装修的电钻，瓷砖切割，各有千秋

令人胆战心惊，我拍案而起

也想发泄对无端遭受侵害的不满

也想不要命地怪叫一声，——像是发现了垃圾

可我没有对生活肆无忌惮的勇气

而是将对某些日常的不满

转化为对生活的敬意

擦　痕

我不止一次从天上

打量凡间，也就是我们生活的人世，亲切的土地

事实早已证明，我们也是可以离开它一会儿的

比如坐飞机飞行，有时我觉得神不过如此

只是他没有我这么愚笨，飞行，天空，腾云驾雾

只是神很小的部分，我们的肉眼看不清楚

神的变化，使他无所不能

而我只有愚笨，把坐飞机当作了神

我们从天空飞过甚至看不到翅膀的投影

而站在地上的人们

只感到头顶一些噪音，看见天空一点擦痕

这不是最后一首答神篇

我每写一首诗，都是与神在对话
你给我启示，我只能用如此肤浅的词语
来作答。我还能写多少诗
这不能由我来决定，而取决于神示的灵感
我是平庸的，你的眷顾令我气宇非凡
为我庸碌的生活去蔽洗尘

阴暗的角落，雨天的后街，我拐入一家灯具店
女老板殷勤相迎　为我打开一盏盏灯
吊灯，台灯，壁灯，挂灯，落地灯
玻璃的，水晶的，镀金的，铜器的
所有的词语银光闪闪
如同神的宫殿，我忽然明白了
只要有神的眷顾
这就不是最后一首答神篇

飞

好不容易拔着头发，飞离了地面

我在减轻那些不必要的，不断减轻

我忘记了身体，和蒙尘的故园

删除了道路，寺庙，酒店，旷野，与宫殿

一群人在下面，他们气喘吁吁地奔跑

眼看着跑过了沙井和金融大街，就要到刘家村了

他们朝着气球般飞翔的月亮高喊：

下来！下来！他们打着喇叭的手势

歇斯底里地呼喊

仿佛我是一艘着火的飞船，下来！

他们越聚越多，踩着我的投影奔跑，

他们好像比我更焦急

我飞离这个世界时，才突然发现他们对我这么好

我不是乘飞机呀，怎么可以跳伞

他们不明白吗，我是拔着头发飞起来的

如果一松手，就得付出摔死的代价

抽　屉

我们都活在抽屉里

回来和出去都没有什么两样

你拿不开那只腐败的手，它停在半空的时候

也一脸坏笑，那个叫潘金莲的妞

在一本书里声名狼藉，我又怎会令此世英名

在风仪亭上烂掉，还要开车去沙井喝茶

到西山望风，九龙湖一套房子就把你血洗了干净

登上月亮也没用，从月球跳下来

就落到喜马拉雅山尖，谁能看得见

一嘴脏话骂不出去，就像拳头握着仇恨

砸向哪里都会反弹回来

你只有去棕帽巷做桑拿，翻身的感觉不能做主

仅有的几张毛票，买回一身臭汗

落 草

仙女站在墙上，总是不肯下凡

英雄只有干脆落草，恢复贱民身份

省得锦袍玉带，遭一帮后生剪径

女知青成群结队围着梁山跳舞

仿佛存心要把你的嗓子唱坏

再架着你同床共枕，将回廊上的灯笼挑飞了

一块红布蒙得死去活来，证明你还是个长工

俺空负一把宝刀，把戏唱到一半

环顾四下，卖给谁都不合适，何况还得打折

只有逼上宝山，配个压寨夫人比较划算

数年以后，骑个永久牌自行车招安回城

在飞机上写诗

在飞机上写诗，是李青莲，普希金，惠特曼

不曾有过的体验

神仙固然可以飞上天，和皮肤很白的仙女在云里嬉游

那确实非常浪漫，但神仙一般不写诗

只让别人写他们，他们只管尽情地玩，却不出轨

出轨了就会酿成事件，法院便会介入干预

神仙心情一沉重，也会从天上掉到人间

被捉奸人五花大绑游街示众，上天就会取消神仙资格

罚他到采石场劳改

那些号称诗仙的人

一般还是在地面写诗的，佯装欲仙状

五谷杂粮和啤酒，使诗仙身体肥胖，

摆脱不了血压高与糖尿病困扰

肚大如孕妇，里面藏着诗的杂种，仿佛被牢牢捆在大地上

只有我在天空上写诗，看看舷窗外裸游的神仙

随手脱下的白袍，就是人间一头的祥云

与李白同游鱼凫

来吧，太白兄！趁你还没有醉得踉跄

三百杯还没有见底，我们同游鱼凫

你的诗句太陡陗，入川的路到五十岁就断了

我只有乘飞机到成都，把猿鸣甩在千年以前

杜宇的血啼已化成高速公路，从双流机场直抵万春镇

那些穿肚而过的酒，早就从巫峡到巴峡九曲回肠

又在酒桌上来了个鲤鱼翻身，一饮而尽

四千年的故址仍在，仿佛杜宇发来的一封信

又像时间啃剩下来的枯骨

李白兄你是读过的，我仍从石碑上感到岁月的茫然

像一头迷失于荒原的雪豹

到哪里才能衔回我故国的灯盏，古巴蜀之魂灵

我用牙齿剔透的是一尾温江的鱼骨

舌苔上尽是麻辣味道，你我的胃是古国的坟

我们味觉与鱼凫同在

让千江之水和鱼骨复活，在墙壁与空气里优游

老虎把牙齿藏到皮肤里，鸟将翅膀藏到空气里

你将傲慢藏在腰间，我把机票藏在裤兜里

这下时光就慢了，大家都很休闲

从四千年的鱼凫走回温江万春镇，也就一顿大酒

不管你来自北京、江西，或是新疆、湖南

在四川，异姓人和外乡人，都可以称兄弟

太白兄，赶紧为俺这首破诗点赞

朗读者

可以大声咆哮，把它吐出来

像吐一块骨头

不吐不快，不吐就会哽死

不吐就会水深火热，不吐就见不到六月雪

不吐就会一头把墙撞个窟窿，你出不来

他也进不去，不吐行吗

可以轻声细语，尽量温存一些

再温存一些，别犯粗鲁毛病

仿佛对她说些什么，就是要把她搞定

让她死心塌地，变成你的女人

像你在摸一只豹子的皮毛

千万别让它反咬一口，把你扑倒在地

舔着你的面孔，露出牙齿

我是说，语言如豹，吃人不吐骨头

你得小心了，得像个驯兽师那样驯服它

却驯服不了我的诗，它是黑暗中的兽眼

狂荡的野火

数米内的对峙，一箭穿心

被我的诗打动的都是工伤

有些诗可以不读，但我的诗，你一定要记住

它是穿肠剧毒，不能让它停留

它会把肠子毁了，然后又修复，你就金刚不坏

到峨嵋也享有尊座，来沙井如上宾

喝花酒，泡美妞，当不在话下，放个屁也是正厅级

能把贪官镇住，仿佛衣锦还乡的刺史

那些二流的风景，我决计不写

我要走到更远的地方，写更远的诗

别人能摸到，你也够不着

那诗就像月球表面的图案，抬头就能读

谁都能看到，隔着很远的距离，把你干成重伤

你还不方便找我讨医药费，可我会让你宽心

被我的诗打动的都是工伤，你肾亏的悲伤除外

起码它是一种好病，能远抑郁，免癌症，防禽流感

还可让公家报销，到生产队开病假条

跟老护士谈恋爱

证明你不是三等残废，能够活蹦乱跳

和宣传队女知青大闹通宵

没有把太平盛世像一叠旧钞票一样胡乱花掉

宜宾行

一个不会喝酒的人误入了酒国

要不娶一个当地美女为妻，要不干脆打马走掉

从宜宾去成都，是一条酒路，不善饮者

根本无法成行，何况我是江右客

闻酒识香，娶个当地美女的好处是，生一群会喝酒的儿子

为不善饮的老子报仇雪恨般豪饮

拿到酒国的身份证，沿长江荡下，一马平川

我少怀喝酒的抱负，从四特，五粮液，茅台，到杏花村

视五粮液为正宗，久闻宜宾大名

它是酒邦之都，长江第一城

金沙，岷江夹岸的酒声，日夜拍打着宜宾汉子的肚皮

江之头的鲜鱼佐五粮液醉了宜宾的夜

饮酒壮胆，写诗不是问题

白天登望江楼，观真武山的东来紫气

夜晚去长江放条酒船，当心被鱼拐走，涛声辗转

一个不会喝酒的人，到宜宾转了转，他就有了酒胆

离色也不远，他可以看到楼头招袖的红颜

写下醉意的诗行，也有五粮液的味道

引得好酒者围观，重庆金铃子，河北施施然

是两条游到长江的鱼，在酒中得道，在诗中成仙

在宜宾又写又画

其诗其画在酒香中妖得眼花缭乱

陆公子篆书，祁将军汉简，雁西狂草，老况三分半

一斗酒下去，墨香四溢，醉写出一个宜宾

老维笔下的山鬼，怀揣羊年五粮液

在宣纸上私奔，遇到了蒋信琳的册页

到朝天门码头对饮，意在巴山蜀水间放浪半生

然后打道回府，向内人交纳酒后的剩钱

以此虚度余年

一个不会喝酒的人，半夜在宜宾宾馆被酒气熏醒

乃是再自然不过的事，他若再睡过去，也就醉得不轻

离开宜宾时，他从无到有，也酒量不浅

顺流而下，可以扳倒一片贪官，而长江之水依然很清

可以濯我足，可以濯我缨

饮过长江之水酿的酒，我可以豪情奔放地做诗

干干净净做人，宜宾

可以给每个人提供如此机缘，一品三江

壮怀千里，岷江的白鲢，金沙的岩鲤，在酒里游动

姿势鲜美，如裸身的美人

妖
娆
罪

涉泸州，过重庆，经宜昌，下武汉，

抵九江，发安庆，走无锡，奔海上

有几条美人踅入湘江，去和娥皇女英姐妹相会

"道心朗照千江月，真性虚涵万里天"

我不饮上半斤，岂对得起上天赐我大好河山

黄庭坚到宜宾也不肯走了

留下了涪翁亭等我坐下来小饮

我们同为江右乡党，曲水流觞，乐坏了北宋的书生

峭壁上跑马的绿林，拖刀过岸

在岩石上进出隔夜的火星，

对坐着饮酒的诗者和美人

一壶落肚，赋闲的将军挥墨水龙吟

五粮液的宜宾，酒香弥漫的江城

系于江头的酒船，只要一声解缆

就会顺流远行，一泻千里，把酒射过苏杭

香遍京城

上天赐我以佳酿　大块假我以文章

我不思，不废，不止，不息，也要对酒当歌

秉烛夜游，天行健，饮酒不息，行吟不停

如果老虎也会写诗

上帝啊，你肯定是按照自己的样子

塑造了我们，否则我想象不出我们像谁

谁是人类的在天之父

为什么我们的面貌不同于狮虎豺狼

你肯定把最好的给了我们，使我们成了万物之灵

我照着镜子，如同看见了上帝

我看见他人，看见女人，如同看见众生

谁说天父不在啊，他就在你对面

谁说上帝高不可攀啊，他就像个俗人

我们居家，上厕所

都跟他须臾不离

如果老虎也会写诗，它肯定会把上帝写成老虎的样子

卷二

妖娆罪

（2016年诗选）

美 髯

想象里的英雄

总有一副美髯

像关公，吾心仪之大神

从小就想做个美髯公

用口水粘几条纸

在嘴上飘忽

舞木刀上阵，长坂坡上月光寒

仿佛小子也是英雄汉

英雄被打杀，五花大绑出辕门

也一声不吭

刀斧手啊，砍得了英雄的头

又如何砍得了

他的美髯

那芳草青青，在坟头上飘着的

英雄的胡须

也骄傲如鼓点中的旌旗

沙场上两骑交错啊

刀枪你来我迎，戏台下哪见曹孟德

厕所里躲着刘使君

斩华雄的人是谁

万马千军里，长风浩荡一美髯

我画一副

在嘴上，到坟头哭喊

美髯归来兮 吾有恨

我对一张宣纸的气愤与生俱来

见到宣纸，我就来气

就想在宣纸上乱画一气，不把它弄脏

就绝不收手。见到一张宣纸

我不会心慈手软，貌似一个忸怩的妇人

我对一张宣纸的气愤与生俱来，不把它糟蹋了

我誓不为人。我涂抹一方怪石，不是人民公园那种

两个老头在石头下喝酒，已有七分不省人事

我画一尾怪鱼，跟八大山人不沾亲带故

肚大头小，像个孕妇，对环保厅满腹牢骚

我画一帮土匪，打家劫舍，明火执仗

不小心将梁山劫了，在忠义堂撒尿

我画丑妇，比潘金莲更无辜

为爱情抱着干柴烈火，跟美女不共戴天

我画主人的柴犬，一副公仆面貌，守着一碗枯骨

我画山鬼，一对巨乳被老虎发射

山下的嫖客岌岌可危矣

我一见到宣纸，就心里来气

就有满肚子要把它弄脏的坏主意

如果它干干净净了，肯定是我弃笔不干

诸位留着，又当如何？

述怀帖

我只吃古今英雄好汉的醋

其余的我滴酒不沾，黄河巨大的漩涡边

总有英雄好汉在痛饮，令我自愧莫如

坐在窗前看黄昏，一车兵器，和一飞机的血

也是这时在落日下见面，不避官军与闲人

我不必遮掩什么，将自个伪装成好汉

我把好诗题在美人的裤裆上

胜似题在粉壁上百倍，比发在诗刊上强多了

我一生只在找一个读者，其他的都属多余

十几亿人读一首诗的年代已经过去

我只想在她的床上出名，也只要这一世的声名

其余都是浪费

我上拜天，下拜地，头碰膝盖拜父母

其他我谁也不尿，尿谁也是给人增添负担

那些斗大的官用火车拉也拉不完

我怕我一拜下去，他们就会车毁人亡

这有损我的慈悲之心，菩萨说：放过他们

我就一向这样站直了做人，算是慈悲为怀

在地球上我没有敌人，与我为敌者皆不屑
我宽恕他们。除非来了外星人，我挑灯夜战三百合
打死数枚飞蚊，才能睡个好觉
坏蛋或许睡得比我更香甜，在三妻四妾的厢房里
他就是个扛大活的长工
一条劳碌的命，不会比我好到哪里去

群山之巅

群山之巅，大鹰盘旋之处

我也很难变成它上面的一个小点

山永远高着，是我的大爷，菩萨，佛祖

何其嵯峨，我心里供着它

想藏身其中混一个绿林好汉，使双匣子枪

能射中黑夜百米开外的一炷香

与群山为伍，每天活得霞光万丈，像个老僧

面色红润，下盘结实，灰不溜秋的袈裟里

还遮着七块腹肌

和一根老参，我非打家劫舍之徒

替天行道是宋公明干的，败坏了好汉名声

我只是个鹰一样的汉子

跟天地叩头结拜，认群山为兄弟，义气为先

而一坛酒把俺出卖了，蝴蝶梅的肚兜上

尚留着老子的尿痕

我不屑于跟许大马棒和座山雕争风吃醋

也不在乎奶头山那点地盘

我只想活在群山之巅

像鹰一样盘旋，俯视蝼蚁般的众生

那个坐探从背后打了我一枪，伸腿把我踹下悬崖

我的灵魂就是在那时升天的

上山之前，我或许是山脚下的一个小炉匠

贱名：栾平

谎言之躯

在谎花遍开的人世，万户灯火，街衢纵横

警车穿行于午夜，在金融腹地，跨国公司正在加班

而我是逡巡于街头的流浪犬

能够听懂任何谎言，我受神的委派潜伏在人间

十万蝶影灰飞，众口铄金

仿佛每个人都是生活的潜伏者

在日常中以谎言护身，庙堂之上的大人

市井的贩夫走卒，的士司机，保安，写字楼白领

剁肉的，送外卖的，为人师表者，搬运工

街舞大妈，离退休老头，播音，光头主持人，微信

这一副副肉躯被谎言所装饰

如同间谍，唯恐暴露隐蔽的身份

招致杀身之祸。这一具具行尸、臭皮囊、贱躯

还要我们付出多少谎言来兑换

谎花如焰，我以仅有的一点真诚

抵抗最后的沦陷

他人即地狱，我可怜的真话

也被他人当作了谎言

土匪之歌

我是想做海盗的，可南昌没海

海在很远，得报名参加海军才行

我是想做土匪的，可梅岭是些小山包，植被有限

根本算不上绿林，藏不住马脚

更收留不了百十条好汉，甭谈埋锅造饭，吃百鸡宴

况且乡公所盯得紧，自个儿都腐败不过来

小匪连鸡毛也逮不着一根

我只有在宋徽宗的锦绣丹青里杀人越货

闯威虎山的秃顶打灯笼找蚤子对决，一枪崩俩

证明咱是老炮

剑挑大名府牌匾，把高太尉议事厅作洗脚屋

命其侍妾按摩俺臭脚丫子

我就一匪种，平生喝好酒，泡美妞，打架，哼歪诗

胡乱唱十八摸

我是假正经的反面，是扇在孔府家宴上的耳刮子

是城管他叔，他爹，他大爷

是清明上河图中一小贩来着

半筐梨瓜被操翻，就咧开了藏底下的板斧

我是太平盛世一枚爆仗

不慎炸破了晚会女主持的裤裆

让观众看清了婊子的烂货

而一溜烟花正攀上夜空，把天宫都轰塌了都

喝彩的众人里，街道上挤满了抱薪救火的队伍

我的手机嘟了一声，屏蔽。什么事也没发生

我只对天空俯首称臣

我是个温文尔雅的人，只在文字里横刀立马

还不敢称将军。说是乱世奸雄，或一老贼也行

我现世胆小如鼠

做婊子、装孙子，也有摆脱不了的奴性

我的温文尔雅即来由于此，这不洁的血，溃烂的根

太监没阉净的鸡巴，还暗藏着变天

我不可能恍若无事，装逼的样子一本正经

我是坐在太师椅上一个鼠辈，在动物世界里指鹿为马

满眼奔跑着一堆乱云

将桃花抄袭到字典里张冠李戴，林荫雨昏

当荒原的长卷打开，狼在嗥叫

我放下马刀

只对天空俯首称臣，而太阳是我金色头颅

我把它安放在群山之间

我是语词中的惯匪

我是语词中的惯匪，在诗里跑马江湖

被牡丹所通缉，我在雪山上露营，打灭了星斗

又流窜到沙井潜伏，蜷缩在同事间装孙子

发现红颜和蜡烛是一根绳捆的蚂蚱

我不买各山头的黑账

一枪撂一家伙栽个跟头，啃一嘴胡须

再迂回到中路

我用起重机吊起赣江，看看底下是否藏了老鱼

还把坦克开上西山，到月光下收租

返乡的民工秋收了玉米

群聚在汪家大屋打赌，风紧了，就闭户不出

去年的相好改嫁成了贤妻，坐地铁去了巴黎

剩下几亩好地由俺代耕

悉心照料她的小妹，将名媛改造为绑匪

我是末代的良人，抄袭秋风的叛徒

腰斩阴毛的执行官，为水墨辩护的首席律师

60

秋凉时，误审了案卷

卢员外捉奸未成，反遭暗算，张屠户状告熊官员

悬而未决，半斤好肉不等于三斤青菜

我拨了数通算盘，也没算清恶世的烂账

回头抽出床底的二十响，我我我，干脆朝空气

又放了一响。那头有客户探脑袋

接住了这粒子弹

我看见他的嘴巴喷了一口好烟

貌似一个很会享受的人

坐怀不乱

我哪也不想去，只想陪老婆去江湖逛逛

从沙井到生米街，方圆不过十里

又绕秋水广场回来

再打的去孟买，把弯遛好了

一身也就轻松了起来，不会起事端

那些江湖上的亲戚，已各自安身立命

放弃了土匪身份，做起了地主，打鱼收租

业余跑跑龙套，出任群演

有时倒毙于刀下，有时藏身于群山

一声呼哨又汹涌而出，围着圆桌吃饭

老夫混世，一身尘埃，两袖墨斑

纵横江湖几十年，把马刀砍弯了，当烧火棍使

也要将一碗水端平

不管公了，还是私了，都气定神闲

即使美色暗渡裤裆，挑灯夜战，俺也坐怀不乱

稳住下盘，养就这副好定力

一哨棒横出去，也能扫倒几个孬种

请原谅我，大门不出，二门不迈

把你的饭局搁凉了

俺就捞着这点闲，横竖手上功夫没耽误

太仓帖

今夜太仓有酒约，我要飞过去赴饮

经浦东转车，会同雁西

踅入虹桥机场，与陆健，张况会师

直扑酒桌而去

海上灯火，在后车窗上摇曳，而汽车把夜幕推开

龚旋坐在酒香里候友，两撇胡须洋溢着太仓的美意

看着兄弟们在酒道上一路狂奔

进入大酒的旋涡。千里邀酒的豪气，在烟头上

经久不熄。今夜在酒桌醉趴下

也是幸福的。天下没有不倒的英雄，就是陆健也醉过三回

一回倒在他博士夫人的石榴裙下

一回倒在天佑德的酒库里，这回是要倒在龚旋胡须上了

何况太仓的女美，蟹肥，河豚之鲜

可把哥几个忙坏了，酒酣时，早忘了归程的航班

今夜我千里赴酒，不计星月，一把单刀扛到半路就丢了

十把折扇把我架着飞起来，有了一颗伪装的酒胆

兄弟们，你们趴下了，我又岂能干坐着

且将这手头的酒碗碰碎半边，再喝！哈哈哈哈

没瞧见老夫赤膊袒腹，把大醉的龚旋扛上宝马

就任由他回去接受老婆的批评教育

就是上帝对一个屡教不改的好人也束手无策

妖娆罪

你不能太妖，太妖就冒犯了美

太妖就弄得一些人心里痒痒

另一些人心里不安，太妖就影响稳定

竹篮打水，拎上来也洗不净脸上的妖气

你在外面妖娆不要紧，可镇里的人就受不了

沙井的夜店就得关张，发廊还得交妖娆税

派出所到客栈查铺，一夜得来三回

谁给加班费，还得搭进夜宵和几包烟钱

你只顾妖娆，却不管他人的死活

全镇都不得安宁，小区里都很紧张

保安王大伯戒备森严，一只蚊子也要查问公母

出入人等，日志上记得明明白白

增加了多少繁琐手续，唯独你是漏网之鱼

暗地妖娆，就是偷税漏税

流失国家多少资产，你拿半张脸也补不齐

你不能太妖，太妖就犯下了妖娆罪

让所有人来审判你的美

我又怎么受得了，我的辩护也一再失血

被视为同谋，说你在前门妖娆

我在后院拿钱，继续辩护，视为同罪处理

你不能太妖，你呀你呀太妖你就是个妖娆犯

高　手

这段时间在纸上撒欢

没规没矩的，感觉真好

这是我的领地，拒绝他人染指

画一笔秋风

无形无色　拂过琴弦

就有一个小老头显身

他身着古装，不是演员

在京剧团也没见过，不知姓甚名谁

他是从秋风里出来的

少言寡欢，跟俺照面也不打招呼

坐下来，大袖筒子里抖出枯瘦的手

抚琴。发出的声响

又轻又静，藏着杀机

一出手，就把夏天埋葬在沙井

再来两下，天就要变冷了

我揣着袖子在旁边听着

眼看这老头继续弄下去，就会下雪的

如此高手，江湖上很久没出现了

豫章十友根本招架不住，飞鸽传书

邀四公子助拳，也为时已晚

再这样下去

刘家村将会被大雪掩埋，不留一点痕迹

老夫岂能袖手旁观

挥笔画一面大鼓，敲乱了他的阵脚

擂鼓者，乃一裸女

硕大的胸脯，如两颗炸弹

汝降也不降？俺若再画一上笔

任尔高手也得半残

江　湖

江湖对良人来说是很远的

那些滚滚的白云，已经到了天边

如果再远一些，就跑去天外了

神也管不住它们，像是说走就走的旅行

空出的地方大得很

只剩两个污点，一个是采花贼，一个是贪官

就等少林来收拾，而师父档期已满

拿不出工夫节外生枝

城里的农民衣锦还乡，被挡在路上

像一批追讨的贷款，遭遇截流

如鱼得水的秋天

游刃于城北与乡野之间，还要用余粮嫖娼

要把沙井变为楼盘

插花地带也没闲着，香粉氤氲的客栈

入住了几条野汉，朴刀把门

半边街夜宵铺子热火朝天，烟头遍地

消防局接到多次报警，渐感心力交瘁

大伙儿惦记的酒钱不拖不欠，一次性到账

卢员外的九节鞭候在户外，单等智深上门

妖
娆
罪

酒后找个女代驾一条道走到黑

拐弯到金融大街，拼了命才呕吐出五铢钱

好　人

你一生都是好人，从胆小开始
碰到美女也绕个大弯，错过多少艳遇

在古代你是东郭先生
挨着今天，发财当官也轮不上
只有抱着一块豆腐撞死，又去西湖哭许仙
满嘴假牙就这样愧对遍地美食
还到金山上去看炊烟，一把火烧掉了草船
不义之财顺手推舟到了右岸
还要站在棋盘上若无其事
该出手的时候，又让给了别人

把对女人的爱情进行到底需要勇气
只有一夫当关，方能万夫莫开
而你失地丢城不是头一回，任关公过关斩将
眼看轮上了，又千里走单骑
一个人跑回来

同伴们推杯换盏，把花酒转移到潇湘馆

有病的美人梨花带雨，打湿了纸包的良心

你又死活不肯送他过蓝桥

用力一旦过猛，桥就断为几截

如果不到位，就等于过河抽板

万事摆放在人生里，输得只剩短裤的一根丝

也能按下不表，处之泰然

红灯记

提红灯的表叔消失在铁路尽头

一列火车经过，又把它带得更远

联络员中途跳车，摔得半边不遂

几服草药看来解决不了问题

密电码还是要人去送的，臭皮匠形迹可疑

进门借火就盯着大姑娘的胸脯打转

还有几个不三不四的二流子，没准就是便衣

看你提筷子夹肉，张嘴骂娘的，他不亮手铐

就是对你的最大宽恕

你还要上柏山，去找游击队

他们不找你抄没家产，就算厚道的

你一卷帘子，看到了山水，显然都是败笔

大厨忍受不了穷山恶水，跑到城里磨剪刀度日

他的褡裢里，藏着一把匣子枪和政委交待的使命

不到万不得已身份不能暴露，接头暗号照旧

晚上做梦也不能漏嘴，对妍头也得

提高警觉，做爱也得惦着穷山

把喝酒剩的一半捂在怀里，就是寒夜的火种

宪兵队的人都死光了

一盏红灯，使他们毕露了鬼魂的原形

妖
娆
罪

喜 儿

你翻身之前是白毛女，翻身后

又回到了喜儿，你在山洞里跳芭蕾

一锅饺子就熟不起来，北风吹得再紧

光棍汉也怀着春情

天下有多少大春，要把你从山洞里解救出来

他的队伍需要一个巨乳浩荡的女政委

老战士春梦跑马，不再回头

年关追债的又上门了，把你当作老赖

旧账新仇，逼着女儿卖身

这等事也做得出来，去年那单生意血本无归

两套房子还抵押了银行贷款

被债逼死的鬼魂，打着灯笼在金融街游行

再死一次，也哭着嚷着不肯入土

你把步枪架在双乳上

让黄世仁发抖，杨白劳不能无辜自尽

否则地契不会答应，瓦罐汤也再三不肯

一缸碱水又把他叫了回来

大年三十了，要给喜儿扎红头绳

北风吹得再紧，只要门闭得严实，狼就进不来

何况还有扁担好使，两把锄头可以压惊

一根红头绳可以过年，父女就平安了

活 着

像是在重复别人的人生

活了几辈子都是苦逼的命

一丝不苟

把苦口的良药逼到题外

新秃的头发分赃不均，干脆推倒重来

已不复往日气象

那些波浪形的云，也堆到了天边

码头工人背着黄色潜水艇，散步至朝天门

佯装轻松地瞧风景

吴带不能当风，飘一下就感冒不轻

你还要曹衣带水，服几包中药心存侥幸

从大理回来，红颜都成了别人的知己

你只有找下家，打好做庄的主意

在沙井开店，上西山收钱

遇到的，全是没有脸的纸人

你发毛也没用，生活就像一张伪钞

一手好牌也改变不了结局

肉联厂的猪

也在找一条新的出路

苦大仇深的屠夫，一刀下去也不能解恨

丙申夏

我要一枪崩了这个夏天

把它踩于脚底

看它在秋天吐血，释放十八只猛虎

我要向武二借一副上好的老拳

灌下十八碗大酒，将打折的哨棒扔开

免得碍手，撸袖子

按住它的吊睛白额，剥掉那身斑斓火焰

熄灭怒气，令猛兽归于平静，世人安生

把如豆的灯盏，逐户点燃

初秋的山冈上

立着一个打虎的人

他不发一言，双拳紧攥，褴褛的衣衫

像沙井上空骑着月亮出现的贫僧

好 戏

好戏不怕晚，就像一场好宴

可我每晚盯着电视，等到午夜，还是烂片

只有爆一句粗口，悻悻然，关机睡觉

或许好戏不再，没有富家女会看上一个落魄书生

没有谁愿做包青天，关公也不会再次犯傻

放弃升迁机遇，提着破刀找不着北

仍为义气二字在戏台上打转，马还是人家赠的

好戏也不是谁都能演，换你也演不了

轮上我，也是孬种。可谁都觉得自己行

演杨家将，他必血战金沙滩，演包拯，他必办铡美案

演风流才子，他必跟名妓演得快活缠绵，比死还动人

谁都想登台露脸，仿佛这是光宗耀祖唯一机会

穿锦袍，戴乌纱，沐猴而冠，好像就是精彩人生

我不这么看，我只想戏演到结尾

一架不明飞行物落到台上，把尔等带走

送至外星手术台，一帮怪物围观着，没准会有好戏

好 色

好色需要一个人的能力

也要一定功底，身体马虎的人好色不起

嘴上好色的家伙，多半碰破了壁

只有在嘴上跑火车，还省了车票钱

好色不是坏毛病，美人总是要人来喜欢的

否则老去很快，又有谁会怜惜

我未必风流，也还算个好色之人

我爱过的美人，多已迟暮，但还美着

令我感动。那些我今生没有能力爱的美人

我会在来生爱你们，写进今生的诗里

我知道这个世界的美人

给我三世三生也爱不尽

但是你，既作为我今生的唯一

我便领会了上天的真意，是要我用爱所有美人的力气

和三生三世的情感，来好好对付你

算　账

写诗就是跟时间算账

像我这样的老家伙再明白不过了

那一行行句子的老算盘，总在半夜哗哗作响

搅我清梦。有一双无形的手在拨动，要我起来

跟它算账，这辈子我最怵的就是算数

脑中没有数字概念，也不惦着赚了和花了多少钱

可它要我跟时间算账

最好像个账房先生，只要有空

就得拨响算盘。我首先得算昆仑的高度

不是地面的那截，而是没入云端，看不见的部分

如果人从入云的那截，开始往上，狠劲走

得费多少力气？再算半山草木

跟多少灵魂打过交道？比如有些伟人

就好惦着昆仑，他们死了，魂魄还在山里转悠

没准一棵草尖上，也坐着两个鬼魂

还要算算，山脚下的草屋，满地的人间烟火

每天得向这世界支付，多少忧欢？

我算来算去，像是在算一笔糊涂账

一个蹩脚账房，怎算得清历史的烂账

何况其本身账目不清，涂涂改改乃惯技

但我得跟时间算账，美人的裤衩上留了多少精斑

珠宝街的疯子，向外星偷运了多少珠串

佑民寺的和尚想了多少次女人

这些跟时间看似无关，却是我要花时间来算的

算着算着我就搭在时间里了

我怎么算，也算不出，在写诗里，亏了多少老本

妖
娆
罪

半　隐

半百之身，已然多病，我也只能半隐
一半上班谋生，一半供养烟云
就没有工夫赴饭局，接待来访朋友，与人聊天了
此前投身的酒酣耳热，性情放纵，概不再犯
吃过的酒，领过的情，且恕无法奉还

我已近残年，风花雪月之期早就和我无关
诗江湖的烂事，弃之如破帚
我要将这剩余的残生，用以独处、发呆，和虚度
回归于至简。偶尔在宣纸上画根线
也仅仅是一根线，没别的意思
对着风吐口气，权当是自语
至于还能写点或画点什么，也都顺其自然

想想山间的溪水是怎样的
我的余生就该是怎样的，切勿叩扰山间之溪
切勿打断一根线，我替它们向诸位的大度
深表谢意

两不相欠

我多么想跟这个世界

两不相欠。但这可能吗

我在它的怀抱里混了几十年，还厚着脸

打算继续混下去，时间不可预期

消耗不可预算

它还要向我盘剥一些诗文，涂鸦

掏出我的精血，病疼，色胆

透支我的浅薄，平庸和愚笨

让我在世上丢人现眼

我知道我跟它纠缠不清

又岂能相忘于江湖，假装看不见

等着吧，总有一天

我会在一张松松垮垮的破木桌上

豪气万丈地拍出

——那枚最终结账的铜板

英雄老去

头晕，目眩，脚发软

虽然手里两把子力气仍在

那把镔铁打造的大刀啊，竟很沉很沉

过五关，斩六将，它在我手上如同一根羽毛

我就是羽呀，轻易从月光上划过

成就了此世英名，那杯酒

自另一双手中递过来，就是千年

尚带着余温。赤兔宝马！我的老伙伴

你气喘吁吁的样子，多么令俺心疼

难道转眼吾等就不中用了吗

王朝可以拒绝我们，天下岂能没有英雄

你说，将军呀，时过千年，你我骨灰也荡尽

我说，不会的，这天地之间吾等英魂尚存啊！

青龙偃月呀，一行冰凉的泪

挂在刀沿，坚守青铜的光芒

习 惯

我们习惯仰视

总认为这个视角能看到美好

经验告诉我

那里什么也没有

我不习惯仰视

我的诗从怀疑开始

你身处再高的位置

也欺骗不了我

那里一片虚无

在生活里

当仰望变得习以为常

平视已被取消

那么多细长的脖子

直到仰望到没有仰望

才发现这个视角是个错误

画人记

越接近过年，俺画的人
越变得苦大仇深，像从黄世仁家逃出来的
心里都埋着一本烂账，想要变天

地主老财家的日子也不好过
那本账翻出来，都得倒个个，长工就要做主
黄家的四姨太就要当押寨夫人，住到洞天福地
吃红米饭，跳广场舞，练瞄准
把一条条苦瓜打下来，吃一口还是甜的
佃户的碗描金涂银，比喝土鸡汤还鲜
地铁也就有了，去佑民寺拜佛，
也就半根烟工夫，耽误不了看春晚

越接近过年，俺心一乱，画出的人就要操家伙谋反

老 贼

还没有人老成精

我对人世无害，被称为老贼

为时尚早

我盼望有朝一日，人称老贼

老而不死，混到大把年纪

仍乐呵呵地活着

像一根人世的油锅里炸炼过的老油条

有双洞察秋毫的眼睛

不是乱世奸雄，也并非盛世恶棍

仅仅为市井中一老狐狸

看相，拆字，有个十之八九的准头

我一眼能辨忠奸

我一字能拆穿谎言

可我不能拔剑而起，舞刀于辕门

我对人世贡献甚微

这是我无以掩饰的自惭

生年满百，没有人老成精

不曾奸雄一世

人喊我一声老贼

已属抬爱了

我没有痴呆，健忘，中风，脑残

而变得老奸巨滑，是否能算一种境界

纵然世事如烟，阅遍千山的目光

已是见惯不惊

窃钩为贼，窃国为王

老贼虽为匹夫

也不过是多活了一些光阴，才浪得虚名

电影院

曾经的在场者，都已散去

只剩下放映员为一个空洞而黑暗的世界作证

没有谁承认，他是刚发生的一场阴谋的见证者

暗杀，贩毒，恐怖活动，贿选，深喉，战争

没有谁甘愿留下来

为黑暗守夜，再过一会儿，放映员也要下班了

电影院里只剩下幽灵

对于灾难和爱情，人们很快可以遗忘

只带走明星的脸蛋在梦里浮沉。我也不能免俗

面对世界上所发生的一切

我们都成功扮演着看客的角色

小舟從此逝，江海寄餘生。丙申秋日 雪維

酒 约

是的，我们都在变老

哪还有很多时间在一起喝酒

有时喝着喝着就少了一个

他跑到另一个世界报到去了

说有另一桌酒友在等他

那个地方在土里，那个地方在天堂

我不知道

我偶尔发现 出土的酒器

在地下埋了千年

是哪个酒鬼遗失的玩意

又回到了人间，找谁喝去

乌　鸦

一只乌鸦注视血污中的倒影，顾盼自怜
仿佛锦衣加身的命妇，如果再加一件
冬天就会降临。如果脱去一件
只是一根枯骨

也许乌鸦并没有选择站在上帝的反面
它只是偶然停在那里，像我甩掉的一点墨
除了我，谁来为它的无辜正名
而整个世界仿佛同谋，面对一只鸟的清白
——鸦雀无声

我跟诗没完

年轻的时候，我写过诗

不知羞耻地写，轻浮地写，放浪地写

并且要把这当作毕生事业，老了以后

我还要写。只是在未老之前

我不能写了，还有许多比写诗更大更重要的事

要用文字去叙述，我知道我还有情要抒

一些不清不楚的纠葛有待了结

我的诗当然没有完蛋

可年轻时已经写过，狂过，病态也苍白过

还预留了一截烟屁股到老年去写

现在这段时间，就让我完成几部长篇吧

尽管我畏之如地狱，每写长篇都仿佛在黑暗隧道爬行

唯恐在黎明前死去，可我还是得写啊

否则我没法向托尔斯泰交账

他说我是巨人，得有长篇垫着脚跟

我想这么试试，尽管我明白，我跟诗没完

咏关羽

我在积攒语词，像积攒仇恨

枕头底下的银两，棺材板里的黑暗

究竟有什么不同

青龙偃月一出，立见分晓

尔等宵小，不过是老夫刀下擦痕

兄，吾是个重情义的家伙啊

一捧胡须，一腔铁血，一把老泪

皆付之于义气

三弟，莫鲁莽了，坏了大哥的好事

且如俺这般　千里走那单骑

刀口喋血的祭拜，乃美髯凋零之往事

心藏大恶

有时会心生恶念

在梦里无恶不作

我怀疑自己是个坏人

尽管我秋毫无犯

是个大大的良民

却终日惴惴不安

唯恐一念坏了谁的好事

明知无冤无仇

生怕失手杀掉一个善人

仿佛罪孽太重太深

我想自缚双手

把恶念交给寺院

由上师发落

我担心警察上门

什么也没干他们却先干上了

我为一脑子的恶念

吃斋念佛

却把它养得愈见丰满

我已是心藏大恶

而不做恶事的一个恶汉

凤 凰

我写诗已够快慰了，又岂在意名分
我已开始痴呆了，已经忘记了心仪女星的姓名
仿佛被风吹起的长衫，里面空空荡荡

我不是八大借尸还魂，上帝附在人间的躯壳
走出画轴的，都是剩水残山。我不是佑民寺
出走的寺僧，到处诵经化缘，
镇住洪都的妖孽，肥水不流外人田
我不是西山，走失的阵雨
在新建县哭告无门，干脆往北而去
天上的仙人呀，蹲在山头上下棋
只有傍晚回头的人，才能捡到火红的晚霞
像璀璨的凤凰，飞舞在天边

卷三

故乡之敌

（2016年诗选）

江湖帖

外省的雨落到赣江，就是老表相见了
比如这一阵雨，从武汉下到南昌，转身又往长沙而去
江湖之上，风波何急？小舟里坐着的
皆是故人。须髯长衫，个个腰缠万贯，小妾暗携
在绣帘后面，绸缎的包袱内，藏着银锭，算盘，账簿
外头还压着一把油纸伞。伞柄里挟一管短匕
双手拱出的一团和气，在江湖上经久不散

生意的事，总是可以商量的，不至于闹得提头来见
脸面上挂不住的尴尬，没有在酒桌上化解不了的
万事也就在一杯酒里言欢，一笔大买卖随即达成

农事诗

我要对世界发言

我要用一枚蚊子的声音打破沉默

我要用一架飞机的声音运输我的看法

我要用一株小葱和大蒜的勃起，来表明我的态度

面对这个世界，我不仅仅是一颗土豆

把它屯积在地窖里发芽，或者烂掉

一块烙饼要不停地翻身，才会熟透

它的香气才能招商引资，吸引饥肠辘辘的钞票

一伙土豆，要从土筐蹦到油锅里爆炒

与五花肉亲密做爱，才能端上台面，接触到美女的舌头

穷棒子要在谷仓里翻身，住上三室两厅，就要不停折腾

拖拉机开到生产队了，东家的姨太太也要争做好社员

地主都积极交公粮了，会计忙不过来

基干民兵的麻绳就显得多余

106

玉米是一把好粮，养着多少高干

一只土鸡的斤两也很值钱，乡亲们个个红光满面

到公厕解手，又跑去赣江漱口洗脸

一觉醒来，焕然一新

我脱下裤子，对着空山放了一个响屁

坟地里传过来一声鸟鸣

乡土书

我的故乡近在咫尺，我却找不到山头

我的宗谱散漫于人世，我却不能认祖归宗

我是无主的浪子，废黜的王孙，漂泊在乡土的

陌客。我迷失在家园，我废黜于山水

我放逐于市井，我号啕于拆迁

我藏毒于朽木，它烂掉了火焰

我是霾，它无颜于草木山川

我是肮脏旳污雨，它与泥泞不洁的交易

背叛了大地与蓝天

一匹马在奔跑中被风拐卖了腿

一个汉子在做爱时割走了肾

一位老兵用破枪崩瞎了自己的双眼

他向坟头摊开两手，再也没什么可贡献的了

故 宅

扛大活的人走了，来了一伙斑鸠

主人的院子愈发热闹，新丧的水土，挂上曲柳

小风儿细得，堪比粉条。蚂蚁爬到天上去了

甭担心下不来，案犯的手铐还锁在牢里

区长一天到晚忙着除奸

偶有空闲，就咳嗽。从早到晚，累坏了一干汉人

通讯员的汇报，只能听到一半

留另一半到下顿。娘子的毛驴在村口吃草

回乡探亲的路条下落不明

上级指示是要执行的，打个马虎就要过年

通往枣庄的地道已经挖好，备战的地雷单等挂弦

把最后的谷仓也分了，财主厢房的那床花被

正好用来育种，三条半枪没一支能响的

尚不如程老汉那管旱烟

鬼子眼看要来了，检查团鱼肉完乡里

就打道回府，刺史大人的手信还遗在衙门

荷苞鲤鱼活色生香，在瓷盘里候着，玉体横陈

人　间

如果我是天上下凡的小仙，也会贪恋人间繁华

像个特务一样潜伏下来，死心塌地在这儿一待就是多年

入夜，步行街多么热闹，商店的门都大开着

把灯光交给每个人，少男少女手牵手，仿佛被蜜糖黏着

广场舞大妈还没有到来，我可以深吸一口气，桂花馥郁

这是大地散发的香气。我转身踅入一条小街

这里烧烤店一家挨着一家，吱吱响的羊肉串焦香气味

在夜色中浮动，三五成群的食客络绎不绝

路边的汽车，电动车已经停满，还有几辆进退两难，倒车，鸣喇叭

想急于找到车位。建德观石头牌坊下，有多少人在进出

就有多少热爱生活的理由

我爱这样的夜晚，爱灯火辉煌的步行街

还有建德观的每一家烧烤店，爱有些焦煳的烟火气息

如果让我在天上待过千年，还不如潜伏在豫章

烟火市井多么美好，辣椒葱爆肉丝的味道，仿佛在赞美人间

藏品：赣江

沿着赣江散步，水的气息

与我须臾不离

一根干净的鱼骨，仿佛秋深的河床

谁剔去了它肉，天空是心疼的

还有西山，我的远帆在册页上消失

也不见孤鹜回来

而你还要去散原捕秋风

把一些凉意放到江面，吹一口仙气

鱼就游得快过了潜水艇

再停泊于八大山人的生宣

多出的空白，不着点墨

一只木桶掉下去

也能拎出几担清水，把三秋的天气洗白

鸟从江上衔起自己的倒影

飞回射步亭筑巢，乐坏了一屋子故人

我在绫扇上画个美人，她眉心的一粒痣

是去年患下的微病

鲤鱼咳血，吐出远逝的船帆

我要好生收藏，将它折叠至箱底，留赠来年

豫章记

月光下将一把牙齿种入耕地的老农

收获了村庄的灰烬

他的儿子打包进城，做了沙井的保安

三家巷的住户，把欧阳除掉，就是兄弟

歃血为盟，投奔北伐队伍而去

到豫章聚义，一路上汗津津的影子

望不到尽头

骆驼上的鸟炮，打出白花花的大腿

赵四家的小姐攀上了张家少爷

把大烟戒掉三分，留着七分冲喜

江南大旅社今宵客满，都是红帽子，炮打双灯

把万寿宫平了，一条地铁正好通到六眼井

妖精挤满了站台，花枝招展

急于参加今年选美

将胸脯增高一寸，就名列前六

把底裤抽掉，就是内定夺冠热门人选

一个叫上官的小伙乃自称师长太太的

远房亲戚，而待字的表妹

上午服药，下午写诗，夜半吐血

一条香帕浸满了鼻涕

翠花街拆光了，两个秃子在太阳底下捉蚤子

比谁的个大，裤衩下露出冒烟的枪管

许真君抱着西山哭泣，一把秋风

抹不净他的老泪，五花剑在废品收购站，砸锅卖铁

余怒未消

十八只秋老虎就要窜到尽头，我迎头痛击

汗湿征袍。夏天的气焰余怒未消

刘家村的老少撤退十里，再退就要变身绿林了

村长是怎么想的，村支书是怎么说

村委会打算如何给盒子炮交代

丰和大道开膛破肚，一群病人在跟医生做手术

用土灰止血，木石接骨，卫生纸包扎

大伙儿热情高涨，汪家大屋的棺材一命呜呼

堵车的队伍开始变形

一路驶向社会团体，一路驶向非洲

骑象旅游，挽弹弓猎鹿，渴了就饮黑海

回到了老家，就可以享受二胎政策，养俩乌孩

老祖父一气上吊

老奶二气投井，小三一看没辙

改弦易张，重投宝庆堂分号，四少爷痨病未死

等着秋香为他续气

大烟抽掉一捆，银票尚有五斤，命数只剩半寸

司马庙老僧叩错了山门

把锈鞋当成半爿月亮，误入了沙井

老夫的花拳，上打五眼，下击三寸，算是扁担巷一把好手

枕头下还压着一把二十响

眼瞧着秋老虎余怒未消，我高低一枪要崩掉它的屁眼

山河故人

那些少年时代的朋友，已很少往来

在微信中相遇，也互不点赞

仿佛擦肩而过的路人，有着说不出的陌生

我们是山河故人，有那么多纯真记忆

占据一生最美的光阴，老墙上刻的每一寸

都是金黄色的，悬挂单纯的身影

和脚踏车的铃声。南瓜花开了

像是小夏的连衣裙，羊子巷的风是甜的

飘着桔子香味。沿厚墙路奔跑，午后的阳光

暴雨般洗刷路面。章江门的波涛

退出了往事的沙滩

微红的掌心，写着羞涩的姓名

柏油马路是柔软的，镶嵌了夜空的星辰

只有在梦里捡到遗落的笑声，像叮当的镍币

保留了昨天的体温

当头上有了雪线，朋友们升迁

我早无兴趣，你们的病疼却如一段光阴的斑点

会令我伤心。多时不见了，你们还好吧

那些熟悉的旧巷，虽已拆除，却陈列于梦境

什么时候，我们能像一伙老小孩那样

紧挨着坐一条长凳，晒晒太阳，聊聊有过的艳遇

调侃脸上的皱纹

风吹过来，迎面行进女子的胸衣被撩开

露出了巨奶的夏天

那不经意的一瞬，拿走了你的童贞

一　枪

老夫朝毒日头崩了一枪

雨就下起来了，像一场预谋已久的起义

赵副官后悔提前叛变，却收不回昨晚的供词

卵石大的雨点公开了被出卖的名字

将一捆捆草船借来的箭，射向它的反面

天牢砸开了，翻身的兄弟，裸着明晃晃的身子

投奔沙井的怀抱

在草木中武装自己，就算入伙了

一顿干粮的工夫，便改编了秋天的颜色

夜袭的凉意将从农村包围城市

先遣队由老杨领着，一律便衣，化装成农民工

乘地铁过江，由双港到滕王阁

途经卫东、绿茵路，下一站就接近冬季了

王顺溜带电视台来接应

暗号不变，小心光脑袋的家伙冒名顶替

眼看着生米就要煮成熟饭了

我得功成身退，抽腿走人为上策

让哥几个拜将封臣，泡香港脚、洗温汤浴
各领二两黄金，回家向老婆如数交公粮

天凉了，俺也得刀枪入库
马放南山，剥脚丫子，咬咬手指头
检查这一身的老零件
打开后备厢，瞅瞅积压了一春一夏的
老棉袄，待寒流到来时，能当事否？

一把好料

你也不是什么高人，在五斗米面前

立马显得很矮。还说什么都不在乎，一个招呼

你就现了原形。一倒床上就打呼噜，震得屋都要塌了

还不怕漏雨，偏说，天塌不下来

单位一个月不发工资，就傻眼了

空有两袖功夫，也是多余。谁聘你去做杀手

祖传的独门暗器，也无用武之地

你一身内力也是麻烦，握手不能过于热情

否则就捏断了人家的手腕

抚摸小孩脑壳，下手不能太重

否则成了杀人犯

跟内人合欢，要控制冲动，以免爆裂床板

几个回合下来还嫌不够，只有蹲在马桶上打哆嗦

这么下去，就把自个毁了，你还冒充大师

一副行头让你放不下肥胖身段，又要乐此不疲

那堆肉摆哪里都是累赘

除非撒到张式财家的地里，才是一把好料

下午的雨

像天空在抖动一块巨形钢板

发出铺天盖地的轰鸣。树木在奔跑

像武警追捕逃犯，路冒着白烟

斜着45度角，像闪光的鞭子，密匝匝抽下来

像巴西奥运会竞走运动员，咬着牙，默不作声

一个撵一个汗淋淋身影

像快枪手子弹，天空射向大地的排枪

像党卫队一次执刑，放干世界的血

然而这只是一场雨

暴热数十天了，下午二点四十分，落在沙井

对面三楼窗外晒的被子，也贪婪吸着雨声

虽然它的主人下班回来会沮丧，而又有一丝

体味到降温的惊喜，好在尚没到盖被子的时节

秋天才刚刚开始

这场雨下得真好，它的声音那么干燥

像干枯的芦苇窸窸窣窣被大火点着了，仿佛坏分子

躲在干部队伍里，公报私仇

树木都犯傻了，浇了一身，才扭着腰，抱着头

像在经历洗礼的群众，懵懵懂懂就投入运动怀抱

大口呼吸雨在灰尘里溅起的土腥味

仿佛畅游赣江，在滕王阁上向昌北招手

乡亲们有了大仇已报的快感

晒得冒火的电线杆，终于湿透了

用不着擦身子，就那样美滋滋地立着，像沐浴了爱情

带着狂放之后的满足，我站在阳台上，看着这一切

内心有些震撼

妖
娆
罪

丙申中秋有感

别忘了窗外的月亮，就像别忘了正在老去的爹娘

我内心呜咽，真想抱着他们大哭一场

今夜的月亮里有马骨在行走

它经过沙井，散发刺骨的光芒，我内心震颤

真想在月下大哭一场，然后回到书房

一如继往地读书，发呆，冥想，事实什么也没有发生

只是月亮经过了窗口，它像一把打开的鹅毛扇

仿佛大雪拥身，也能扇出一片安详

晚安，所有深夜未眠的赏月者。晚安，故乡

望文生义

一场望文生义的雨

终于抱着干柴烈火痛哭流涕，像久别的亲人

打死也不分离的肝区和肺片

在沙井结拜，高举义旗，挑起了绺子

一呼百应的乡亲，掌控了几个小区的形势

把秋凉交给物业，分赃到户，登记造册

以便摸清业主的底细

而窗户看见了镜子的内心，一个药铺掌柜的闺女

正梳妆打扮，她如云的烫发里，藏着一架梯子

可以直抵后山，寺庙的僧人去年已经还俗

娶了个风流寡妇做压寨夫人

善使双枪的惯匪名叫渡边，突然决定洗手不干

去九龙湖打鱼，又到梅岭晒网

做起了二贩子勾当。管委会纠集一路车队

吹吹打打过了赣江

在昌北安营扎寨，分田分地真忙

女做保洁，男当保安，按部就班，老有所养

124

张大傻带着七分醉意，三分羞涩

将祖传的百年酒庄，重打锣鼓 新开张

当家做主的感觉，使他像一个六十五岁的新郎

锦衣夜行

妖
娆
罪

人总是要还乡的，关键是找个合适时候

不是等到混成人模狗样了

也不必老得像坨屎了，面目全非，没有一个人认得

才起了叶落归根念头，不，这都不是还乡的借口

说死在故乡，埋到一棵歪脖子树下，与一年一度

春风相会，都是扯淡

那些上几辈的鬼魂，打着灯笼也找不到

所谓故乡，也没一个破角落会买你的账

若是飘洋过海去了纽约，想家想得不行了，又脱不开身

就汇些美金回来吧，我会回赠一包故土，还是黑的

如果做生意赚了，你大可以铺一条路回去

把旧木桥改头换面，奔驰就能从河上开过去

碰上蚀本躲债，家乡还能收留你

如果官做大了，也不必回来，免得惊动州府

只须惦着地图上还有一个找不到的屁地方，那就叫故乡

得空用手指摸一摸，是否还熟悉

若是变贪官了，千万别跑回来避难

土里的祖先也不会认你，剩下的事自个把握

故乡的青山也等不了太久，雾霾太严重

没准哪一天就变颜色了，对此要有心理准备

发小、老街坊，是日渐凋零，像秋后的麦子

被秋风割一茬少一茬，蹲在墙角晒太阳的，也没几个了

还乡是个伤感的活，如果一步就到族谱上与祖先见面

那就连烧香磕头手续都没有，想到这里

我就明白了，锦衣夜行的人是眼里带泪的

他既不能向明月缴了宝刀，又不能用宝刀割了乡愁

只能由着肠子，一节节断了

村　长

一炉炭火，像村长在偷情

这是冬天的福利，把冷掉牙的寒气赶到屋外

你就有些激动不安，可以讲荤段子，拼黄酒

大声说反话，仿佛又是一条好汉，天塌下来也不怕

怕也没用，一个连女色也没碰过的老光棍

梦想成为搞遍天下潘金莲的西门庆

他在梦中努力，有使不完的劲，把打长工的力气

都用上了，还是搞不掂，只有气馁

西伯利亚的寒流不肯放过你，捉住后颈

要你承认前天的坏事，岂是背几句歪诗那么简单

两顿大酒反而将问题复杂化了

你又供出了手淫，还有来历不明的珠宝和现金

一条女人的吊袜带，就足以叫你气喘

撒哈拉沙漠的骆驼到昌北旅游

请你当解说员，你一张嘴就是马语，还要让别人翻译

一些奶头山的黑话没有剿尽，都从村长嘴里吐了出来

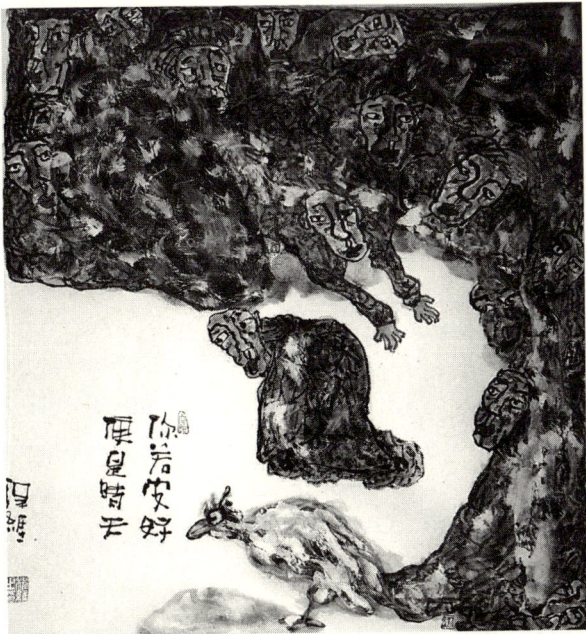

你若安好
便是晴天

今秋无事

秋天，万物都在减肥

裸露赤条条的躯干和光洁的岩石

枯水里，一群鱼挣脱了污泥　回到人民手中

一只鸟在飞翔中，羽毛被风暂时借走

它没法跳伞，如何能投身组织怀抱

一头虎，向秋天供出了老巢

它可怜的同伴啊，怎么藏身

一个巫师挥霍了所有灵气

像个剥光衣服的老妓女，干瘪的乳房

如泄气的皮球，把她出卖在自家的门口

谁还藏着掖着

谁不惧怕秋斩，从沙井到刘家村

树叶追着树叶奔跑，往卫东去了

它们要去围观：看一个胡子长长的老家伙

将一把寒光闪闪的大刀舞动，发出哀鸣

而我要回归山房，添衣，饮茶，贴秋膘

然后写下：今秋无事

古老的敬意

大地上那些微小的事物，不被神所关注

也被世人所忽略，我常常为之遗憾

风暴起于一粒沙子或微尘，似乎无须争辩

它席卷而来，电视台称之为灾难

神不关心微小的事物，总是令人心疼的

我们还能祈求谁？丰和大道的一头流浪狗或暗娼

仿佛神永远站在它的另一边

而神到底有多大，大地也不能包容一切

比如天空和海洋

而一只鸟或一条船，是否就能真的征服它们

蚂蚁之于大地，它的微小是否能

与巨大对抗？我的诗显然没有说服力

当神和世人忽视微小的事物时

我仍对一只蚂蚁保持古老的尊敬

好 心

有生之年，我能干些什么，能走多远

上天自有安排，肯定不必我去操心

我所记挂的是，天上的那片云，若是兜头将一架飞机拦住

有神仙要检验它的通行证怎么办

这样想着，我就寝食不安

天天为昌北机场的乘客担心，我好心给他们打电话，发短信

我说求求你们近期最好不要上天，又提醒民航飞行员

如果遇到了云，千万绕着走

他们统一给我的回复是：神经病

我发现这伙人是中了神仙的圈套，都急不可耐似的

要上天。我可以喊住一辆汽车，停下或者慢一点

却喊不住云，如果它真的要跟飞机过不去

我也束手无策

好 汉

那些江湖好汉，响马，绿林的出没者

我前世的兄弟啊

大碗酒还温着，大块肉还肥得很

在水泊寨子里等候故人

那些不会吟诗的嘴巴，被大胡子埋没的声音

在板斧上生锈，荆棘丛生

那些无人认领的荒坟，像一堆

好汉们磕在一起的头，上面是父母

再上面是天，再上是星辰

是英灵排座次的地方，就没有天子的位置了

那些被冬夜月亮照耀的苍白人影

他们是鬼

也是肉身亡而气义存的好汉

佛山帖

今生可能跟佛山是离不开的

——跟佛山连在一起了，离婚是不行的

出家为僧也不行。我只有一再向着佛山行

像候鸟向南，事王面北，写诗朝心，思春惦着情人

我只有一而再向佛山行了

这当然是听从佛的呼唤，即使是给我发个短信

也如同内心的声音，我会放下手中的活计

画了一半的画，写了三分之二的长篇，作协要开的会议

大学邀请的讲座，隔三岔五的饭局

书画展，泡脚，聊天

这些都得挪后，去佛山才是首要

祖庙里的禅在叫我，我是不能佯装听不见的

电话可以不理，手机可以不接，伊妹儿可以不管

粤剧不可以不听，粤菜不可以不吃，粤人不可以不交

西樵山不可以不去，梁园不可以不居，否则真是人生之憾

我读经的时候，就会想到禅城

我在禅城没有见一个僧人，却结识了一群罗汉

他们像从西天取经回来的，急于要向我掏出怀藏的真经

134

我闻到了他们身上的酒香和女人的脂粉

跟我在豫章沙井的气味相投

这是戊戌年康有为的味道，其味浓烈，带着变法的遗韵

南海的故居里有他饮过的酒壶和十一位太太的绣花鞋印

这是黄飞鸿的味道，佛山纪念馆里

有他把对手踢出半条街的一脚臭汗

这是叶问的味道，一代宗师的光头上空无一毛

是一座南国武术的圣坛，我大喊一声：咏春！

跳上去，纳头便拜，爬起来就是一个名叫李小龙的巨星

临近腊八，我天不亮起床，穿好行头，打的士出门

追随大佛的声音，从昌北起飞

而白云，而广州，而岭南，而佛山，而禅城

我一路而南，天在变蓝，花在开放，身在变暖

我一路而南，盘下一座座山头，一个个寺庙，一处处客栈

就是要像一方土财主带足盘缠，去向佛山进贡

当我脱下隆冬的棉衣，已在南国的梁园

佛山不要我的人民币，袁大头，银票，五铢钱，马蹄金

佛山只要我粗声大气的诗篇

我身手平平，才疏学浅，它不嫌弃

我写字作画，舞文弄墨，佛山让我任性

它空出梁园让我施展丹青

跟五湖四海的好汉称兄道弟，混得火热

一半是酒水，一半是滚滚热汗

我与陆健，雁西，张况在梁园并称中国诗坛四公子

仿佛再现古人扬名立万的好戏，这都是佛山的厚赐

它安排龙塘诗社的坐次

让我和民国的书生吟咏唱和，打成一片，不知今时几何

我就一夜之间成了佛山的亲戚

这里有我众多兄弟姐妹和隔代的故人

我抬头就能看见康南海，低头就能瞄到包悦

上街就能遇上黄飞鸿，转身就能碰上阿丰

出门就能撞到叶问，翻书就能读到吴趼人

而简氏别墅打造的岭南新天地

令我乐而忘返。吴家大院的灯火让我结识漂洋过海的乡亲

我和他们一起龙舟竞渡，行通济，接好运

腰缠万贯，一顺百顺

今生肯定是跟佛山分不开的

我虽然没有跟老况，老杨，老包，阿丰，牧言拜过把子

却已情同手足

佛山所有的朋友都把我当作亲人

即便我是剃头担子，从江西挑到岭南

自南昌挑到佛山

一杆扁担有八百里的长度，还有大水与关山隔着

可仍能感到：这头热着，那头也是热的

秋日将尽

今日霜降，如美人褪去衣衫，

要让风向肉体投降，还是要使肉体

屈从于霜。我的美人呀！我还是趁此

给你把薄暮披上

沙井的风，已掺入了一些赣江的沧浪

白露为霜啊，英雄末路

正在用刀摘下肩头的夕阳

故乡之敌

你不能与故乡为敌

那么多离开家园的人，未必是被故乡流放

他们只是不忍做故乡的囚徒，故乡给了他家园和饭碗，

他还想再大，或更大一些，这不是什么要命的事

但你不能与故乡为敌，背叛故乡的黄花与泥土

像一个彻头彻尾的外乡人，鄙夷故乡的方言和草木

不能，即使你生活在别处也不能！

故乡是血脉的谱系，以及一个人永远的根据地

我们一生所做的，只是学会如何爱它

而在这之前，有可能是恨，是逃离，是离它越走越远

但你永远不能与故乡为敌，

只有这样，在年长以后，你才可能成为一个归来者

——从精神到肉体上，双重还乡

树也减肥了

今天没有灵感来光顾，我倒觉得舒服

我可以不画画，不写诗，不去碰停在中途的小说

就这么坐着，一副与事无关的样子

喝喝茶，吹吹电扇，发一阵子呆，假装很清闲

颈椎有些疼，已经有些时间了

老杨来电话说，他在查血糖，感觉突然瘦了

我说秋天嘛，树也减肥了

满地枯叶都像刀子，在给道路做手术

秋天的刀斧手

昨天我对游到宣纸上的鱼说，赶紧走

一个老头就要撒网了。画上的老头对我斜睨了一眼

不紧不慢的样子，对手下的鱼貌似十拿九稳

今天我对窗外的树木说

还不快走，再不走就来不及了

秋天啊，早已为你们备下了刀斧手

埋　葬

趁我还活着，先把自己埋葬了吧
首先要埋葬的，是思想，谁让它乱跑
吃着食堂的伙食，又奔到天上去啃彩虹
这多么危险，掉下来怎么办？
天上没有彩虹，或留着它啃剩下的，谁会答应
尤其当人们知道彩虹比伙食味道还好
纷纷仿效怎么办？
总不能让别人干瞪眼，把剩下的接着往下啃吧
以后总不能挂块红绸到天边，冒充彩虹吧
想到这里，我就得刨坑，30米不够
得比地铁隧道还深，否则它会外泄出来透气
要让地铁从思想上碾过，一日无数次
它就飞不起来了，天上的彩虹才是安全的

趁我还活着，我要埋葬好我的身体
先葬下半身吧，谁让它和潘金莲勾搭在一起
云雨巫山，把大好河山污染过半
还得雇民工为尔等捞卫生纸，重新装裱山水册
游客都想入非非，回单位就不务正业

打毛线，吃话梅，学习三十六式

世风再如此败坏下去，就不是画几张春宫画的事

四体不勤，五谷怎么丰登?

下半身太勤快了，就会出乱子，街坊四邻都得捉奸

小区保安也看不住自己的下半身就坏了

广场舞大妈便乱了阵脚，到处都是下半身在活动

看它占领会展中心，国贸大厦，洗手间

把上半身遗忘在银行柜机前

我得趁自己还活着，把下半身捆住，请保安押着

把它葬在美人的身体里

地铁站

黎明啊，你这锋利的刀

又一次把我捅醒

这鲜血淋漓的早晨

与黄昏再度重合，如同地铁

永远在地下穿行，而我的月票

始终追索白天

刷掉折叠的阴影，那吸血者的风衣

一度躲过安检

尾随于一个少妇身后

她三岁的孩子，看见了

笑里藏刀的脸

宝贝，早安！他说

地铁的灯光，一丛开烂的花

树

上帝，我还不能说

我是你老人家选定的诗人，你要我写诗

一定大有深意。比如现在，我又放下手上的活计

来摆弄一些词句。我不是信徒，这你老人家是知道的

清规戒律这种东西大概不适应我

我不会跑出去做和尚，也不会上山当道士

你们那种阿门也不太习惯

我就俗人一个，懒散，浅陋，无知，不装逼

也不听命于某个人。没有发财做官的心思

像我这么个家伙，上帝你为什么要他去写诗

他怎么不能做个大厨，设计师，皮条客什么的

你是对他厚待了，别人都有意见

上帝，我想你老人家一定有什么话

要通过我的诗，带到人间

哪怕我的诗粗糙，混乱，野蛮，既然被你看上了

我只好担此大任。只是这颗榆木脑袋

再怎么也琢磨不了你的真意

我只有写：树。那也是你的旨意

孤独的守夜人

孤独并不可耻啊，没有熬过长夜的人，怎知孤独者的荣耀

没有以心点灯的人，怎知孤独者的光芒

那如幕的大夜，不是做梦的人能够捅破的

那些睡待黎明的人，不配分享曙光

那些彻夜狂欢者，把白昼当坟墓，请从光明中走开

而躺在街道上的醉汉，不足以语夜晚

沙井的通奸者，尽可以延长黑暗，保安亭边的风

已经越过了栅栏，我案头的灯有些摇晃

我也是心藏大夜的人啊！畏孤独如豺狼

总想找个理由加入狂欢的庆典，而内心在说不能

请离开可耻的人群，走出一个单独的背影

我也是个害怕孤独的人，可总有一个声音在提醒

孤独并不可耻，这个时代缺失的就是孤独的守夜人

孤独者啊，穿越百代的灵魂

你熬过的每个长夜，都会成为后来者的节日

我要跟秋天谈谈

我要拿出一点时间，跟秋天好好谈谈

我不是很忙，像那些公务或者商务缠身的人

可我好歹也要写作，画画，上班

好歹也得干一些谋生糊口的勾当，虽然不曾剪径

错过春花秋月是常事

我多想有大把清闲，发呆地坐在石头上看云

一朵干干净净的云

怎么看它就怎么变幻，看多久也看不厌

一棵无遮无挡的树，叶子掉光了

它还立在那里，像一个行将就义的好汉

难道我就拿不出一点敬意

今天下午，我要拿出一点时间

跟秋天好好谈谈

佛

突然想到祖父，那样一个沉默少语的人
对这个世界，并没有很多话说
好像他对身边的一切，都挺满意
又像他上辈子就已把话说完了
这辈子他只是在构思，下辈子要说些什么

祖父是恬静的，现在他躺在坟墓里，更恬静
几年前，又把他和祖母合葬到一起
他应该更加满意。每年清明，我会去看他一次
面对青石墓碑，我读他的名字，生卒年月
祖父的一生，仿佛只变为了这几个字
我小心翼翼，擦去风雨和阳光留在上面的痕迹
发现墓碑里藏着一尊佛，他不用开口
我想再说些什么，也显得多余

秋天的自白书

我真的没什么好招供的,真的

秋天连最后一片叶子也掏空了

你说还有喜鹊,我当然是承认的

在沙井的树丛里,我一早就能听到它的叫声

可它不是为死亡准备的

我真的没什么好招供的,真的

你说还有爱情,我当然是相信的

在沙井的谷仓里,即使粮草一粒不剩

还有爱可以充饥啊!我不敢轻易说出这个词

因为它不是为绝望准备的

我真的没什么好招供的,真的

你要我交出自由,天呐,自由,多好

一说到这个词,就嗅到了春天的气息

在沙井的河床里,鱼的骸骨在弯曲

可流水并没有枯竭,草木就在从新孕育

无处还乡

我们活在都市的丛林里

命中注定是一群无处还乡的人

那些挂在梦里的剩水残山

谁也无法确认，如何接纳它的故人

那些凋蔽的桃红柳绿

谁能将它还回枝头，找到桔子熟了的小青

那些方言俚语，在普通话中流失，

谁能沿着乡音返回故里

谁能在钢筋水泥里找到祖先的骸骨

海昏侯墓打开之日

先王的遗骸　与千年久违的故人抱头痛哭

卷四

我亲爱的灵魂

（2016年诗选）

修　仙

我所接触的女人，都有做仙女的愿望

只是肉身太沉，色身太重，不是口头表扬就能搞定

而太轻的气球飘上天就回不来了

也不知投靠哪家仙班，让人很不放心

沙井的猪还是要人喂的，否则东家的狗吠个不停

我泡的咖啡没喝一半，户籍警就扑了个空

找村长去约谈。神仙的事烂在凡人的肚子里

派出所的记录带着农药的气息

我躬耕的背，是勤勉者的一座新坟

你不仅想要有仙女的身段，还要豹子的温存

和潘金莲的胆。这并非许家营的村妇所能具备

仕女都面向西山，拜许真君为师，到万寿宫上香

减轻一些肉身的负担，以便接近成仙标准

一枝桃花使你飘飘欲仙，把桃木抽出来

就是一柄上好的剑，追风十里，巨乳浩荡

将新建县的暮春压沉

空姐花容失色，安全带惊呼扣紧腰身

你一跤跌入昌北，砸碎了插上新枝的梅瓶

老 去

我不怕自己将老得不成样子

肉身　像冰山在融化时，一点一点地坍塌

我向这个世界所取不多

所以当它向我 一点一点索回时

我不会有　太大的不安

相反，我会在老去的时候

一点一点突现出自己　雕像般的尊严

墓志铭

我还没有想好墓志铭

因为我还没有打算　和心爱的人告别

还没有准备好　离开这个世界

我甚至不忍心写墓志铭三个字

写着　我就心痛

因为我爱这个世界的唯一理由是

——我爱你

但每个人都有离开的那一天

都要跟心爱的人告别

无论活多久

即使一大把年纪了，还是得走

不用谁来驱赶，离开是一种自然

我只是顺应万物的本能

不要难过啊亲爱的

我不忍心看到你美丽的脸上

带有泪痕

因为我活过，爱过

虽然还没有活够

在这古老的世界上

我已经是个奇迹了

没有什么遗憾，或许

我留给这个世界的只是平静

请你也给我同等的馈赠

登九华山云隐书院访罗云

坐飞机可以上天

却不能上山，山在云里

云是神仙的外衣，老罗穿了一件

就隐居在九华山里

把一间废弃的水电站，改造为书院

关进一屋子白云，将旧机器绑在时间上

让山风不停吹动竹叶，发出翻书的声音

他就志得意满，靠在崖壁的茶寮喝茶

听收音机里念金刚经，给蛛网拍照

跟僧人加微信，吃斋饭，访古村

又和老友聊起繁华往事

露出勉为其难的神情，貌似不无得意

转瞬云淡风轻，仿佛身坐莲花

口诵一句佛号，跪拜一尊菩萨，心中建起寺庙

得了个云波切诨名，山中修炼

就是炼掉一裤裆风流债，一麻袋杂念

把吃肥肉改为吃青菜

寂寞时也忍住不想山外的事情

更多的空闲背一身秋风，如九华山的行脚僧

出入名山古刹，清溪草径

一辆奥迪行走在红尘与佛门之问

一声罗总，又把他喊回上海滩

财　富

我画的画是财富，我写的诗是财富，我写的小说

更是大笔财富。唯独我赚的钱不是

它会很快消费掉，就像转眼即逝的泡沫

你要收藏好我的画，它比钱更有价值

不止是一个在上涨的数字

你可以暂时不读我的诗，读了也不明白为什么要这样写

但有一天你的灵魂突然会与它相遇，不加任何掩饰

仿佛伤病员搭上了救护车，带有劫后重生的喜悦

对此我毫不怀疑。而我的小说，天哪！你可以读得断断续续

它不一定是告诉你一个好故事，世界已经成人化了

它里面埋着宝藏，需要你慢慢发掘

这个世界有价值的东西不是一次性消费的

我所画的和写的，可以让你明白

钱不算什么，你有也就有了，而我给你的财富

它早已超越了这一切

我亲爱的灵魂

身为人类，有时我倦于飞行

尤其是要借助于金属的翅膀，待在一个物体的肚子里

像一个鸟蛋。飞着飞着，等它吐出来

我就受不了。我知道人类的局限，从A地到B地

不止有大山大水挡着，还有无法预测的因素

情形十分复杂，不借助于飞行，还真到不了那里

光靠两条腿，四个轮子，或再多一些轮子

无济于事。更别说肉身，一路吃喝，对于性命的耗损

使多少征程废于半途，多少马匹死于奔命

而北方的大漠，仍然沙尘滚滚，使英雄却步

我只有在梦里飞行，才身轻如燕

仿佛没有了重量，摆脱了肉身，更不必借助金属的翅膀

我飞到哪里，都仿佛陌生的国度，又如同在家园

天空和大地都不是问题，高山，悬崖与险川

都像一根羽毛上的熠熠生辉的光影

哦，在梦里，我是与我亲爱的灵魂一同在飞行

一些词语，浑然不觉地到来

一些词语，浑然不觉地到来

它不用你准备什么

像细雪，像微风，像小雨

带着羽毛般轻的，甚至更轻的那种姿势

不宣而至。仿佛一位远亲，更似一个隔壁邻居

到你家桌上放下些什么，又走了

命令我读诗

早起读诗，按摩我僵硬的灵魂

我当然可以不读，可以像别人一样去锻炼

从红谷世纪花园一直跑到赣江边，减掉多余的赘肉

出身热汗，风会吹过来一个同样晨跑的少妇

她乳房饱满，像有着用不完的激情，让人亢奋

她当然不属于我

可那一刻她属于我的视觉感官，这不会太过分吧

我也可以不去锻炼，赖在床上睡懒觉，

连续未做完的梦，但我的灵魂不允许

它在早晨到来时叫停我的睡眠，命令我读诗

并且要发出声音，像心跳那么自然

我是个不善于念稿子的人

我是个不善于念稿子的人

我一念稿子就会出错

就会跳出已写好的句子，跑到心里去

把稿子都当作了瞎话

我宁可内心空空地面对你们

要么不说，要就说出我内心的肤浅

我不可能貌似深沉，满嘴瞎话

我是个不善于念稿子的人

即使这是我写的，我也觉得这是胡编

甚至可以说

面对你们　和这个世界

我就是个不打草稿的人

我掏出的，仅仅是一点可怜的真诚

致布考斯基

老布，粗鲁的家伙啊！下流坯

有时我就想借你的手，给诗坛一记重拳

把那些招摇过市的烂货彻底打瘫

让他们满地找牙，还不知道自己身在粪坑

喏，你还可以照他脑门上再砸一酒瓶

就成了川戏的变脸，那可是非遗啊

咱就得这般提高破烂的档次，把它逼到墙角

像拍死的一只臭虫，炸得满墙绚烂还不止

反过来老板还得找你酒钱

请个三流艳星给你跳脱衣舞，老布，你可得挺住

不要一泻如注，还有活儿让你干

世上不只有赌马那档事，大地上除了美国加州

还有豫章的沙井和刘家村

柴火大队的土鸡，胜过圣佩德罗的咖啡馆

还有更多的烂货等你发泄

还有更多的脸，等着挨揍。你要卡住他们的脖子

又万万不可勒断他们的颈

否则神也保不了你，我也没辙

你就得无地自容地死掉，老布，你明白吗？

忧伤帖

看到父母一天天衰老，我会涌出无法言喻的忧伤

那些依偎在他们身边的日子啊，像老相册里的照片

已经变旧发黄，我仍是时常翻阅着

仿佛要留住他们的青春。那时父亲年轻英俊，挺拔的身材

如同栋梁，是全家的靠山

母亲风度优雅，蕴涵着一片静美

仿佛春山含黛，层林浸染，我怎么看 也看不厌

那真是此生此世的最好时光啊

如今我也人到中年，仿佛历经半世沧桑

对诸事已觉力不从心

我怀抱父母的大恩，常有无以为报的羞惭

我是你们寄冀期望的独子

却一事无成，内心大雪纷飞

看到父母一天天衰老，我的忧伤无以言表，真想痛哭

而一年一度的秋风啊，正徘徊在沙井的黄昏

身 份

过去我写诗，没太将自己当人

以为是与神对话，或替上帝发声

早把骨头丢了

也摸不到飘在风里的魂

拔着头发上提，也没上升一寸

眼见秃子越来越多

我开始感到焦急，我想说，不能啊

为啥不能对自己好点

照顾这一身病痛，好歹把自己

当个病人，交出平庸的底细

承认我的无能，这不难吧

从此以后，我一门心思活命

饿了吃饭，天冷添衣

饱暖思淫欲，这不过分吧

偶尔想到写诗

也是要讨回做个平常人的身份

166

一句话

或许等我够老了，老得油尽灯枯

那是多大年纪啊，九十岁，一百岁，或再加几岁

我要对孩子们说：是时候了，该永别了，不用怕

孩子，你要明白，我多么不忍说这句话

多么不忍，从五十岁以后，一直忍到这一天

这是每个人早晚要说的一句话，只是很多人咽在肚里

最终也没有说出，我知道人们对这句话怀有恐惧

却并不能阻挡那个时候的到来，那就让我说

上帝啊，请给我一些勇气吧，让我在最后时刻

能保持长者的尊严，向孩子们

说出那句话——不要伤感，虽然我会离去

但爱还会跟你们在一起。这看似一句空话

却是我人生的全部遗产

现在，或许距那一天还够远，我还有充分的时间来思考

并为每个会有那一天的人写下一首诗

不是我有多么杰出，不是的，仅仅因为我是诗人

我能替更多不能写的人，说出他们内心的话

以便在那一天到来时更加从容，平静

生活是美好的，这样的陈词滥调，说多少遍

我都不厌倦。何况还有你们——我所爱的人

我不能说已活够了一生，再活三百年，我也愿意

只要有你们相伴，就是我永远的幸运

妖
娆
罪

欠债要还

妖
娆
罪

世界如此繁华，内心一片荒芜

不是我存心跟它过不去，也不是它欠我什么

欠马车，欠风景，欠饭局，欠浮名，欠酒钱

不欠。有的是车水马龙，有的是大酒

有的是雪月风花，赴不完的饭局

美色当前。可我内心荒芜一片

不是灯火阑珊，不是众人皆醉我独醒

不是先忧天下之忧，后天下之乐而乐

一个醉翁尚然如此，我不醉就是罪过了

这个世界不差一个诗人

也不差一瓶酒，更不差饮酒写诗出名的醉汉

但肯定欠我一把内心的交代，我站在荒原上呐喊

杀人偿命，欠债要还，你不能总躲着我不见！

匹　夫

转眼又过了半年，有多少时光

虚度得心疼。又有多少时间过得心安

一介匹夫

我还真想抡起杀猪刀往岁月上砍

砍一块，赠给美人，

我不忍目睹美人的美

被岁月摧残，让岁月留住那些我们暗恋的红颜

让她的发丝

能够系住尚能荡漾的春心

再砍一块给双亲，让他们老得慢一些，再慢一些

仿佛时光的堤坝

我们随时害怕坍塌的那一瞬间

如果还要砍，就再砍一块送给好人

他们是世界的良心，否则我们活在世上

哪还有脸？再下去，就不能再砍了

一个屠夫也有金盆洗手的时候

面对肥壮的大猪，屠刀已钝

无用的人

在后生面前，我想让自己尽快老去

老得一副德高望重的样子

我不想接受他们的敬意，只希望他们

把我当作一个老人

一个无用的人，对这个世界已貌似无能为力

不要对我再打有用的主意，就像一张废纸

我之所以愿意如此干脆地老去

不是我不热爱年轻，总想着与这个世界

尽快告别，不是的，我热爱生命，热爱世界

这仿佛看不见摸不着的空洞大词

在我的生活中具体而微，灵息吹拂

只是我的年轻，曾经被出卖，像一只狗肉

挂在人肉市场，却是那么廉价而迫不得已

面对一个无法把握自我的世界

我宁可无用。——像我这样老去，无优雅可言

它仅仅是世界的一桩不幸

世界正令人绝望地走来

我已经作过告别了

我是说青春，还有爱情，如同炭火般热烈的

我已耻于在诗里说出这些词

我现在要宣布我的中年

甚至更老一些岁月的到来

像一截结实而带着风霜的原木，上面有黑色虫眼

和疾病。我不怕暴露自己的平庸与丑陋

以及年轻时急于遮掩的肤浅，尽管有了一大把年纪

我承认所知有限，不可能充当导师

把后生引入歧途

我也学不了多少，世界够大的

我再如何走，也是蚂蚁的半径，而世界

正令人绝望地走来。浩瀚的星尘

划过天边，看似小学生在纸上擦下的笔痕

闭 关

不要来看我，我们还有很多机会见面

只是不要在医院。你们的好意我已心领

人生何处不相逢

酒桌上多好，只是我不能多饮

病　让我把酒碗推得比唐朝还远

街头邂逅或茶楼小坐也行

宋瓷的旧典可以重温

一腔废话　等我们慢慢说完

还有江湖的破事，尚待老夫去亲手摆平

你看我很快就是个健康的人，像个闭关的

武者，就要雄赳赳

气宇轩昂地出山

一事无成

活了大半生，有时想到自己一事无成

内心反而平静，这足以说明我无药可治的惰性

与那些把做官当作大事，把赚钱当作大事的人相比

我是个纠缠于鸡毛琐事的人，比如吃喝

比如大小便，虽然别人也得这么干

我也不是很突出，只觉得每天都在如此恋恋不舍地重复

这足以说明我不是达人，不是贵人，不是圣人

年少时也想做陈胜，吴广，郭沫若，鲁迅

后来发现很难，我既没有武功，情商且低，一支笔

也玩不出匕首或旗手的花样

只有俯首甘当一俗人。我认这条命

他是我的，不是鲁智深

一个一事无成的人，等于就是给人生放假

应该轻轻松松，没有狗屁负担

可以远游一次，至少到香格里拉或印度

去西伯利亚钓雪鲟也成，这都是一事无成者该干的事

可我却只在昌北一带打转，局限于抬头不见低头的范围

仿佛沙井就是达摩打坐的山洞

我每天剔牙，咬手指头，就是想着如何虚度光阴

一事无成地打发掉不到一半的下半生

白发如云

人老了，不是不愿待着

是诗推着我在走，我不必靠轮椅

不必靠汽车，诗推着我，也走得不错

它比轮椅快，比汽车慢

周游列国不成问题，去巴黎也是可以的

我是说一个写诗的人，只要他想

没有诗不能抵临的地方

从罗家集到曼哈顿

从系马桩到左岸咖啡馆

从厕所到莫斯科红场，从地下室到航空母舰

如果我乐意，它让我不睡觉就到了天明

有人指着老太阳说：你看，它白发如云

为什么我老泪纵横

半夜起床，为什么我老泪纵横

说不出原因呀，我不是多愁善感的人

不会因写诗而流泪

不会捶胸顿足，表白自己多么深沉

我如此肤浅，哭笑都跟皮肉有关

而窗外的秋风啊，又在打扫庭院，那个沙井的保洁员

也跟我一样睡不着觉吗？白天他瓮声瓮气的土话

总是令人心烦，而这半夜的打扫，他是多么的小心

我疑他是在扫月色

那满地的霜啊，要装多少车？

——可还是碰响了树叶，一片连着一片

摇醒了像我这样夜不能寐的人

一身鸡毛蒜皮的小事，把内心弄得有些伤感

那就流点泪吧，夜很深，反正没有谁看见

宽　心

父母在，我还不敢老去，老了父母会伤心的

老了就是不孝，即使五十多岁了，我还要努力年轻着

活得比较精神，活得有些天真有些淘气，活得像个儿子

在父母面前，我还是个孩子，头发不敢白得太多

皱纹也不敢太深，生活的辛劳尽量藏到微笑后面

再大的事，我也要若无其事　出现在父母面前

他们就会宽心。我们活得轻松了，父母就不会太累

我们挂着一张沉重的脸，累垮的是他们

人生里满是艰辛，父母比我们更清楚

我们微笑着就是对父母最大的孝顺

父母在，我还不敢老去，他们渴望看到的，是我的笑颜

缺 席

我自甘落伍

在人潮汹涌的地方，我是缺席者

在热闹处，你见不到我

我甘愿落在你们背后，甚至与你保持距离

哪怕我的诗没有一个人读

哪怕我的书一本也卖不出去，我也不会向热闹妥协

我的文字已经在挑选我的读者

我是寂寞的享受者

我的寂寞有多大，我就拥有多大的世界

它可以任由思想驰骋，绝对不会塞车

我一向独来独往，没有比这更广袤的开阔地了

我远离热闹，就是背对坟场

本　钱

我不向热闹妥协，并不是说我很勇敢

只能证明我是个还能单打独斗的人

这么干的人现在不多了，大家都怕孤独

古时候这就很平常了，要找几个帮手也难

寂寞的古道上你喊破嗓子也没用

若是遇上劫道的，只有撸起袖子跟他们干

否则被大卸八块，没有谁去替你报案

路旁野花照旧开得灿烂

一家伙对付众手，不是说几句黑话就能唬过去的

除了有些本钱，还真得要颗虎胆

三脚猫功夫，注定会让人家打残，还没处治去

一笔狂草也镇不住胡蛮

我还得稳扎稳打，攻上路，取中锋，踢下盘

拳拳到肉，铁板钉钉，入骨三分

老夫手艺不是好玩的，这才算出门的本钱

废　纸

我的废纸不止三千了，也没画出什么东西

我的废诗已三千整数了，仍在前仆后继

我想我就是别人比喻的飞蛾了，在孤独的夜晚

天这么黑，又这么冷，恐怕不向火靠拢是不行的

距离太近又会烧死，这当然是俺不愿干的

剩下的办法，就是燃废纸取暖

既可以将臭诗烂画毁尸灭迹，又能暖和身子

这一举两得的事，估计不止俺一人在干

过去的前辈也是这么做的，我不过是个效仿者

像临摹大师的山水，又害怕淹死

仿画古代人物，又恐难以出头

只有烧画，焚诗，砸琴，煮鹤下酒

看纸上山水在高温上卷曲，看古代人物

在簌簌发抖，仿佛不可靠的朝廷露了真相

只有火焰在为纸上的妇人江山点赞

原　因

纸一样的天空啊，那么努力地白着

总是令人产生书写的欲望

我怕自己一下笔，就把它刺破了

所以我不敢在天上题诗

否则阴雨连绵，屋顶和山坡上都是忧郁

牧羊少年蜷缩在山崖下，守着他的羊群

像守着一堆湿漉漉的旧报纸

朗润之期——回赠臧棣

南昌起雾的时候，北京有霾

一只青鸟从南方起飞

飞到北方时候，已成了灰鹚

我的一支箭射过去，鱼雁又掉头飞了回来

他张嘴要说些什么，掉下来一行篆书

我是不起早的，读诗常觉腰疼

朗润园里飘过来的书影

都那么眼熟，每一把椅子

尚留着几分交情，还有一手烫酒的

余温。这个臃肿的冬天，鸟翅也冻坏了

抛锚在窗台，几行草树

写不败一张熟宣

纸舞台

我说了我会带你去个地方

但你必须是我的好姑娘

那里没有别人，那里是个空白之处

那里一直在等待我们，我说那是一个纸舞台

我一笔落纸，你就在上面跳舞

仿佛那是你的世界，大师的音乐是插曲

上帝的声音，也是旁白

我还能为你添加一只青鸟，弦外之音

在它的鸣唱里，删除面具、山水和公园

我给你一片纯白，像是万物之初

我让你成精灵，造物吧，我封你为万有之神

多雪的冬天

多雪的冬天，使这个季节如此漫长

就像长篇小说，读了很久，才只是三分之一

翻到下一页，雪再次来临

白纸上的字迹，发出咯吱的声响

重叠交错的脚印，如同艰难的叙述

或向春天的逃离

没有一辆车经过这里

雪抹去了它的踪迹

辛卯年沙井的春天

春天的气息

在沙井弥漫

和三百年前没有差别

我能感到

她荡妇般的骚情

节后返城的农民工

爬到脚手架上

正掀开春的石榴裙

触摸她未穿三角裤的

底线

红谷凯旋的主楼

已达32层

春色尚须再浓一点

再泛滥一下

它就要封顶

米

一个乞丐

手举一双筷子

径直走进紫禁城

向天下最大的财主

乞讨一粒米

皇帝颁下一道圣旨

封他为户部尚书

他一出门

天下百姓都围住他

讨要粮食

他转身下跪乞讨

皇帝的心

是天下最大的米

怒剑沉江

怒剑沉江

把猛焰和暴烈降温

接受大河收藏

河底亡灵惊涛裂岸

空出剑的隐秘旅程

一把大剑劈开大水

择水为鞘

被河流带走

河流是一把更大的剑

在大地上闪光

两岸的石头咔嚓作响

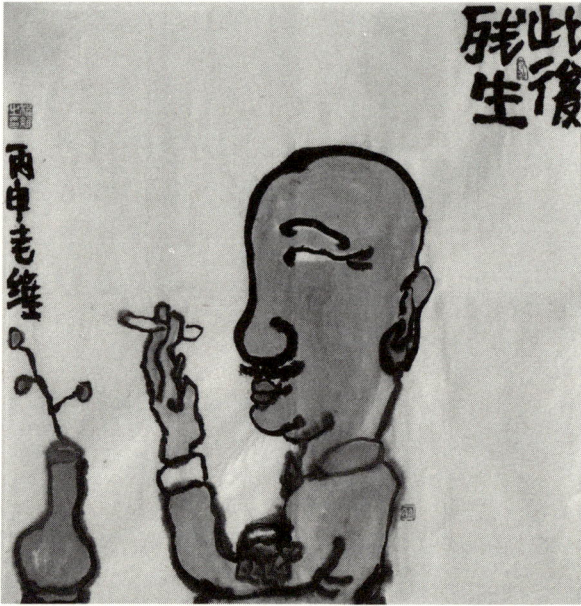

世界遗物

不管岁月如何走向，不管世界将步往何方

那些屹立在苍茫时光里的巨人

始终与我们同行在一个方向

他们追随上帝的背影

被一只更大的巨手推着　走向远方　步入苍茫

变为史诗和传奇　让我们模仿

盲人荷马、疯子屈原、半废者司马迁、关帝爷

缺耳的凡·高、矮个拿破仑老子庄子、释迦牟尼

华盛顿、八大山人、毛润之、农民工陈胜、王阳明、虚云和尚

今日的世界，是传奇英雄们昨天留下的遗物

我们改变它什么它就馈赠什么

而英雄的遗产一点也没有丧失

浮　生

我像个坐在河边待价而沽的人

一个杀手，一个隐士，一个垂钓客

我什么也不是，只想做个像风一样轻松的闲人

我曾有志于写大书，梦想周游列国

起码能磕磕碰碰跟上世界的进程，可我是个

往往连最后一班车都没搭上的家伙，怎么办

年纪一大把了，唯有陷在沙发里盯着电视打发时间

如同退位的总统

对风云激荡的世界爱莫能助

壬辰中秋小记

昨晚梦见一首写中秋的诗，拆散后组装的句子，不是苏老髯的

没刘长卿那么造作，像一辆中外合资跑车，驾车的是个嫩模，

浩荡巨乳，仿佛肥艳之秋月，教谁给逮着了

嚼半块乔家栅月饼，一嘴甜腻，离中秋太远

不是月色的味。我到赣江边　对滕王阁吐了一口跨江而过的长气

一只仙鹤在上面耀开白翅，如同张三丰的太极

别一番洞天福地

沙井的秋夜开始有了那么点意思

一株桂树的影子在路边打出租，想回到古代去。司机拒载

直到半夜　他仍然没有停止跟影子拉拉扯扯

镜中人

我像看别人一样看自己，发现他相貌丑陋，没有一点赞美余地

过去从没想过　会在这个人身上用到如此有伤害性一个词

这个人是谁？如果再看下去，我会对他指手画脚

用最刻薄的话语形容这人，说他长得像外套或一把遗忘在门后

很久没有用过的黑伞，皱褶里积满灰尘，仿佛虚度的光阴

好像他从来没年轻过，那令人回味的隽永爱情，我该怎么对这个人说

少妇们丰美的肢体和容颜，似乎是他的反面

在我对这副面孔横加指责时，我忘了对我们的肉身应该感恩

忘了　谁也无权指责自己的相貌，这是上天的赐予

不归谁所有。你只是蒙恩的使用者，借期不过百年

没有它，你将何以为人

沙井的秋天

是的，我要写到这个修地铁的

吵吵嚷嚷的沙井的秋天，二十四小时

马达轰鸣，尘土在我书房里

无一遗漏地侵占，我抹了又抹，哦，这是秋天的

尘埃，月色的暗影

光阴的碎屑

我要把它拾起来，好好收藏，像收藏情书和她的发丝

我做错了什么，虚掷了这个秋天

它散落在我周围，看我如何把它打发

它嘲笑我，对沙井的秋天束手无策

夜 读

过去，我读托尔斯泰，就读托尔斯泰的鸿篇巨卷

读莎士比亚，就读莎士比亚的剧本

让伟大的人伟大，就让他立在自己面前

我从来不读有关他们的评论，他们的作品让我仰止高山

那些世间的伟大之作，除了他们自己

谁也不能阐释他们，把他们缩小或降低

谁敢冒天下之大不韪，谁也不能

赞　美

上帝允许一个女人的屁股

长大一点，让高跟鞋

撑起她的丰满，这没有罪，把这一景象看在眼里也没有罪

我在一个女人身后不禁这样想，她的屁股和高跟鞋

都是无意间进入我眼帘的，没有构成不良意图

那么，她没有罪

我不信宗教，她却让我想到了上帝和诗

主啊，我只想赞美

旷　野

可以野一些，甚至，再野一些
不必改正什么，没有必要去改，就这样
狠劲野下去
老子出关了，也没关系

神在天上，
盗用鹰的身体，天也不说什么

仙　境

飞到天上才发现

天上什么也没有，只有我们，在鸟也无法飞到的高度

只有我们所乘的波音航班，这貌似庞大的家伙

像个孤独的勇士

神的渡船，大地派遣拜访上帝的使臣

天上如果有仙女，那就是空姐，她是我邻家的女儿

在天上飞行，俯瞰大地，发现它如此美好，仿佛真正的仙境

何况还有男女之欢。而天上空空荡荡，除了白云如银

就是无限之蓝

所谓天堂便是如此，未必如人间

其实人们追求的一切，都在自己身边，你早已拥有

当你仰望天空，所看到的星星点点，那是上天对人间的赞美

卷五

恍若无名

（2017年诗选）

画 梦

我想用一支毛笔

蘸着干干净净的水，在素静的宣纸上画幅画

我会一改往昔的潦草，一笔笔都画出虔诚

我想画出心，画出梦境里的雪山

还有攀登上雪山之巅的人

看他成功，看他笑了，看他变为山顶上的更高峰

让后人来攀登，看他变成

与我不同的，变为梦想里的人

等到我的笔干了，画也就从纸上消失

好像我根本就没画过，梦境也没有在眼前出现

我知道我做了什么，而上帝，他来过

元宵记

去寒山出家，会冷得受不了

一边打着哆嗦，一边吃不消遍山松果

还是掉头回来，半道遇上打劫的

落下一只鞋，算是对绿林赞助

你仍得去新府路上班，穿过斑马线

哈口气试一下手气，别给汽车碾着

麻雀从这棵树，跳到那棵树

告诉同伴伙食不错。上班的院子

是个大户，长工都打着偷懒主意

女佣挂蚊帐假寐，我就打道回府

过二大爷生活

张家兄弟挑衅了庄主，逃得比谁都狠

剩下老夫，独自收拾残局

露一手花拳，把城管扁出三条街

还不报出自家姓名，等着去派出所按手印

公差挨了元宵的揍，迅速滚成汤圆

沙井老乡在肉馅里找到一颗门牙

边　界

我们都走在通往渺小的路上
与伟大背道而驰，像渐行渐远的背影
越缩越小，就要消失于地平线
众生仿佛都要被一只神的巨手抹去了

不会有来生的，也没有进入天堂的可能
我真想停下脚步，高喊一声：站住
是的，请停一停，看看身后吧
落日挂在燃烧的天边，都在对我们表示吃惊

不能再这样走下去了，像青草在大路上腐烂
不能这样接受灭亡的驱遣
请停下来就地安营扎寨，与草木为伍
与虫鸟为伴，与山川共老
不要走得太远，不要走出众生的边界

恶　棍

妖
娆
罪

老杨不做英雄已经多年了

在威虎山烤火，又到夹皮沟会乡亲

日子过得落花流水，比谁都快活

栾平下山去了，到牡丹江倒卖土产

南昌也能收到快递，就是价格不菲

我想打探一把枪的江湖下落

老杨洗手之前，是否一甩袖子就能一枪打俩

八大金刚可不是省油的灯，也跟着起哄

我从小是给京剧骗的，老王没事来上两口

更是病得不轻，牙齿都烫金了

还一个劲地冒泡，那管烟枪

上头留着雪山的霜痕

和好汉的唾沫。栾平攥着总是不肯撒手

说脊梁骨嵌着一粒子弹，是它射的

死活要用来报仇。座山雕在一株松树里

熬得油尽灯枯，被樵夫当干柴劈了

轮到俺穿上行头，披挂停当，手挥长鞭

驱着那瞧不见的马儿，打虎上山

好歹也是反派眼里的一条恶棍

遗　忘

不必担心被遗忘，我们是从遗忘别人开始的
那些如花似玉的名字也会衰败
何况你我，一些微不足道的埃尘，

大地终将收回所有足迹，只有天空会留下星辰
它俯视众生，仿佛神的眼睛，一眨就是千年

那些后代子孙，都是以遗忘为代价剩余的财产
如同祖先的泪水，在故土上盈光闪闪

感　恩

不要什么头衔了，再多的头衔

只能给我增添负担，人生是一路减法的过程

在没有归零以前，我只需要个人的尊严

有些头衔只会玷污清名

还有一些如同绑架，使你失去更多

尽管我所获甚少，对世人无害，像蝼蚁一样活着

尽管我如此卑微，匍匐于大地

而山川草木，已足以让我感恩

不要轻易说出悲伤

好好活着，不要轻易说出悲伤

如此浮华之世，悲伤是很奢侈的

好好珍惜平淡生活，守住自己的身体

不要把它交给凶手

好好看住小小的快乐，不要让它变为指缝流沙

好好看着我，爱你的眼神一刻也没有变过

失败书

我写的一切

都是失败之书，如果没有你的眷顾

我的一切都会变得虚无，就像奥林匹斯圣火

如果没有你点燃，我高举火炬奔跑

也是徒然。留下一路灰烬

那些夹道狂呼的人群

也如同一排排倒下的影子

它们放弃了生长和空气，女人放弃了美

繁华遍地的世界，荒芜一片

我没有权利宣布别人的失败

只有先将自己押在失败的裁判台上

如果你不再眷顾

我的创造力将丧失，宏伟的落日

只为黑暗加冕，而我将放弃赞美之权

加入失败者的行列。如果你放弃眷顾

众生失明，我会将对你的热爱当作耻辱

在我说出你的名字以前

请允许夜晚获得星光的眷顾

隔代之敌

我只能在文字中像国王一样

热爱每一寸河山和人民，在诗篇中

留下对于女人的赞美和情话，在四尺丹青里

画下樱桃与红颜，我爱也爱不完

那以钢枪铁戟打落朝廷的一江春水

用词的身体缠绵锦绣罗帐的一对巨乳之冠

仿佛我有百万兵马与无限江山

那个戴银质面具的耶路撒冷忧伤与高傲的王啊！

我仿佛是你隔代的敌人

一个词

不，我不会说，好

只会说，还不够好

是的，一切都还没到说好的时候

你又何必急于要我说出，那么多的缺陷

像豁牙的嘴巴，只会喊出空洞与不满

而我怎能罔顾左右

蒙住眼睛来赞美一个个谎言

不。我只能把好，藏在心间

这本是一个极其普通的词

却要我像武士一样，用性命来守卫

恍若无名

我的名字，放在哪儿也不配
它只宜放在我身上

如果把它和名人放在一起，它恍若无名
使名人的名字也变得尴尬起来
如果把它放在花瓶里，它会枯萎，或者夺瓶而出
像一支逃逸的木剑，扰乱少女春情

如果把它放到通讯录里，它是沉默寡言的
仿佛一个答非所问老人，对世界保持着某种拘谨
你打十次电话，他也一声不吭
如果把它放在电视里，它会左右为难
弄不好把电视砸了，拒绝在里面混，主持人也没面子

如果让它写在签名簿上，它既笨拙又别扭
简直与来宾格格不入，恨不得抬腿走人
如果把它跟许多鲜花放在一起，它会羞怯的
并且躲得很远，仿佛一个沉缅暗恋的处男

如果把它放在档案里，它不承认强加于身的一袋垃圾

更与那些官印不共戴天，弄不好就要拼命

如果它出现在史书上，完全与我无关

一个误打误撞的莽夫，怎么会想青史留名

就像憋急了，误进了女厕所之门

墙外顿起一片捉奸的声音，还不赶紧闪人

我的名字，放在哪儿也不配

它只宜放在我的口袋里，你叫它时，就嗯一声

别伤心

别伤心，活着就永远不要伤心

活着，就要面向阳光

进行一场愉快的旅行，不管山高水远

还是海阔蓝天，都要像鸟一样展翅

像蝴蝶一样深情，活着并且收获

每一段珍贵的光阴，亲爱的，请别伤心

我会好好的，在你不在我身边的时候

活好每一天，亲爱的，请不要为我伤心

玩世的英雄意気太山。
今生在風塵卓橫行的
天地裡苟且偷生。
那些新古年代的
後儀美的
天降人間的
神祗此生
要在屈
辱袖擋住
擋佳下佛
的臉正真和
困窘而帶自原
才雄羅口。

丁卯 羅立維

驱魔师

站在光明里，阴影出自我们的身体

每一个光明的人，都有一个黑色的孩子

那些代表太阳的人，往往是黑暗的父亲

原谅我，道破了这一事实

请承认那些阴影，乃出自你我身体

请领走黑暗吧，那些代表太阳的人

我会为你焚化纸钱，把它送走，如同驱魔人

你得对黑暗负责，必须把它领走

致

我们相识太早，又相知太晚

我们相遇于此世，而又错过了今生

是人间最大的遗憾

我们假装毫不在乎，各自走向人生

是彼此之间的弥天谎言

我们见面微笑，从不吐露内心

是相互叠加的隐痛

我们明明知道只有此世，没有来生

错过了，就是不再回头的车站

我们即使彼此面对，也相隔遥远

如同伫立于泪河的两岸

我们头顶经过流云和黄昏的神

仿佛把爱情越推越远

我们始终保持礼貌的距离，又无声呼唤

彼此的姓名

惟有灵魂酬答于光阴

过去的诗人

过去的诗人，短命而风流

在这个世界上，没有一处闲笔

把八万里的才情，夹在裤档里

他的坐骑，堪比绵延不绝的江山

夜夜对着月亮叫喊，将一管尺八的洞箫

发射成飞天，把间谍卫星都干下来了

他还趴在马上自命不凡

到处找好汉拼酒，让流氓揍个半死

回家又遭媳妇痛扁

剩下的离婚，落花流水

好处都掉入奸夫的钱包，他只抱着断简残篇

等待后世来考证，掉起半死不活的书袋

——原来是个死鬼

容许老家伙也叫声亲爱的

亲爱的，你在风雨中归来

寒潮也无法把你阻挡，我的破诗

开了二档，它要接你回家，风雨之夕

好歹是个诗意时刻

好歹你正巧在这时归来，我好歹也能做做样子

写首破诗，它酸掉牙，它矫情

就原谅它吧，原谅一个老家伙有时也会

想情人，也会落泪，也会傻傻地等候

老家伙是不是也可以将情诗写成家常话

看似淡淡的，他内心还是柔软的

容许老家伙也叫声亲爱的

这样粗糙地叫你一声，你一进门，就潸然泪下

搬　运

如果你仅仅是个诗人，还是不够的

这个世界需要人手来搬运，你得下点力气

许多好事情，一车皮的鲜花

都等着大伙儿来装卸，用不着词语

它就在那儿美好着，它认出了你

看你浑身上下，都是闲劲

它需要你出点汗，喘息一下

这就是生活要我们付出的

你不能只会耍嘴皮子，仿佛是个旁观者

快乐要你搬回家去，它是重的

而痛苦需要减轻，它要你搬出去，扔得很远

平　常

每一天都平平常常，这个世界就很太平

人们就可以吃饭，上班，恋爱，走走逛逛

写诗就是休闲，像一对小男女坐在街边咖啡店

吸着拿铁，玩着手机，偶尔互看一眼

街头行人如繁花浮现

春天来了，一簇跟着一簇，只有保洁员

在捡着纸屑，他的目光始终没有离开地面

三月这么美，行人这么鲜艳，他都没有看见

我本俗人

多少人爱慕美人的容颜

恨不能向全世界炫耀一颗苦逼的心

又回头感叹，匆匆的时光，把一桩桩好事变烂

只让自个交上好运，长生不老，日进斗金

我又如何能免俗，将自已置身度外

仿佛与美无缘，这怎么可能做到，我本一介俗人

多少人只是敬重他桀骜的名声

用以装点自己的门户

惟独我画他的骸骨，及一支不灭的烟卷

如此世之文钟馗，大神在处，可避邪，佑平安

谁家能少？吾首当贴于客厅，金刚不败

事事大顺，非我清流者，先生自是不管，勿怪勿怨

此 生

此生不可少一杯热茶，渴了冷了的时候可以饮

此生不可少一本反复阅读的破书

上厕所和临睡前都可以翻一翻，内心一片平静

此生不可少一个亲切的眼神，从父母爱人

一直遗传到儿孙

此生不可少一只随时可以放松的旧沙发

可以向它交出部分衰老与疲倦

此生不可少一首百听不厌的老歌

让你有个流泪的借口，而且不必掩饰情感

此生要有热爱的人，此生要有敬仰的人

此生要有崇拜的人，此生可能还要有操蛋的人

一种都不能少，才是美好的人生

浅 草

不要自卑，虽然我只是个三流城市的诗人

这并不妨碍我写出震憾灵魂的诗篇

这并不妨碍我读书、画画、爱我所爱的人

如果你为所处的地位忧愤不满

不如抬头看看天空，没有谁能高过星辰

即使那些自比太阳的人，也终会埋入黑色泥土

而一棵从泥土中冒出的浅草，它尽管弱小

可谁也无法剥夺他的尊严

刺 客

我们内心都揣着刀剑，可对恶徒横行

又袖手旁观，好像那些刀剑已经沦为废铁

总盼着别人出拳，自己心安理得

我们的内心已缴械多年，早就被恶所训化

路见不平，早就习惯噤若寒蝉，束手无策

我们一再逼到绝路，无处可逃，大侠早就绝迹

在官家卖身为奴，典当了惟一兵器

在小区做保安，打瞌睡度日，睁只眼闭只眼

坏事仿佛眨眼就能过去，而遍行的恶徒啊

已经欺辱到了母亲，我再怯弱

也要拆骨为剑，以图穷的胆，去测量恶的深渊

灵 魂

我是凡人，我也很怕死

一想到妖魔鬼怪，也会胆战心惊

一想到不可知的一切，也会十分茫然

可我有良知啊，有做人的底限

我不会做令内心羞惭的事情，

我不会去写

令我羞悔难当的诗文

所有文字啊，都长着一颗灵魂

你怎么写，它就是你自身

时间灰

黑夜之黑，是时间之灰

我处处看见，落叶，泡沫，烟头，票根

时间之灰此消彼长，无所不在

今天到来，昨天已不见踪影

我却找不回头，只看见昨天的落款

在抗拒时间的凌迟，如同找剩的零钱

带着陈迹的余温转瞬即逝

整个过程仿佛看不见的燃烧

世界也在这种燃烧里，光是燃烧本身

他并没有觉察转暗经过

一切都被拿走，我们看得见的古董，遗址

老画，旧照片，电影，爱不释手的出土玉器

都是时间之灰

我两手空空，握着大把虚无

将它猛掷到昨天脸上，落日彤红

纵酒的头陀，已经晃到了西山，即将弃明投暗

230

逆 风

风很大，把我的头发从头顶竖起来

我逆风而行，陡觉自己拔高半尺

也似一个魁伟好汉，就差一把刀

和胡乱裹着的行囊了。这么说，风大一点

没有关系，它吹不掉俺一根毫毛

吹不少俺一厘钱，倒令我陡生久违的豪情

仿佛闯荡半世，终于有了骄傲

逆风行走，我俨然是条好汉

风吹不断我的腰板，我内心的刀正在风中打磨

发出霹雳的声响，要破空而出，给我壮胆

业 余

写小说是上班的业余，写诗是写小说的业余

画画是写诗的业余，我是上帝在对付天上的乱云

和地上的脏土之间的业余

一切

都没有什么好夸耀的，我谨在诸神业余的间歇里

忙着，乐此不疲

不可错过

——致朱耷

伟大的人，正在穿过广场

他要去找厕所

我正踩着他的阴影，又被其阴影所覆盖

他的时代正在过去

他的遗民在南方庭院画草禽

一支羽箭射入京门的木匾，破空的声音

惊世三月。你还没有下马

美人已经艳体娇陈，你还没有批奏

案牍已积满万民怨愤，你还没有万岁

死神已先期革命。伟大行将就木

山河虽旧，草木尚自新鲜

遗民行将图画、草书、半僧

他对痰盂小便之后，万世皆付流水

你我人生倥偬，不可错过伟大的人

他上厕所时，跟我们没有两样

剑 士

在我没死掉之前，你不必因爱我而发疯

我们还有的是时间，把爱温习一遍又一遍

古老的动作花样翻新，不死鸟在飞翔中转身

草庐里添一把柴薪，水就沸然

你品茗的样子宛如细雪，一堆绸缎覆盖投影

去夏的蝉声响于颈背的窗帘

我就要下山而去，投剑至府深如海的后院

我就要远行，你自将新茗品完

余下的香气如剑士的遗赠，我就要走了

世上还有太多的空间要义气填补

234

恩 主

我们一定是比山更伟大的抱负者的
遗物。我们苟活于世，必定各怀使命
我们的使命就是活着
好好地活，为此不惜改变了世界
我们的使命肯定不是为了改变它而来
所有山川草木，都早于我们而存在
为养活我们而死的生物
我们必须感恩，为我们所灭的一切
我们必须负罪
我们的使命不可能高于万物生灵
我们的谦卑应该比一根小草更低
它们都是供养我们的恩主

美兰机场

从昌北飞到美兰，是靠两个机场对接完成的

一下飞机，我发现热带的机场没有窗户

海风吹着一个女子在前面飘动，她没有行李箱

只带着浑圆的臀部，我在飞机上没看见她

她是怎么着陆的？是风把她一路吹过来

再跟海风办了交接手续？她在我前面

飘得那么轻松，简直是在起舞

我没看到她的正面，除了婀娜的身姿之外

她交给我一个臀部，一直把我牵引出美兰机场

噢，我才发现，海口到了，到处都是椰树

致　海

海，你把我蓝得这么深沉

下一步该怎么办？你想把我拐跑么

我看不见哪儿有一条贼船

你交给我的是一望无际，仿佛从海上

可以直接上天，这并非我所愿

天空太渺茫了，海又太不着边际

一个大陆人站在海边就感到茫然

还是吹吹海风，听听海浪，在海滩上走走

重新回到老婆身边

石梅湾

你没法拒绝大海，就像没法拒绝一杯水
虽然大海是不能喝的，自称是海量的人
都是吹牛的。我不会这么吹
连一瓶啤酒也吹不了，我怎么能拒绝大海呢
它就在那里躺着，不太像个娘们
却比娘们更有诱惑力，什么美它就是谁
陆地上见不到这么好的玩意，只有在海南
出海口二百多公里，有个地方看海让人动心
让你得脱掉衣服，一丝不剩最好
你就能跟海拥抱了，这个地方是石梅湾

看 客

见到好的风景，我没有意见

把海运到大陆去，我不赞成，海鲜可以

如果把海和陆地调换一下

事情不仅难办，渔民和农民肯定不适应

船老大和卡车司机对换，都是生手

几十年工龄全荒废了，大片的海

汽车怎么能跑？高速公路，轮船怎么行驶？

万一出点事，协警能解决吗？

这些事我早想过了，所以见到再好的风景

我安心做个看客，不会想到把家搬来

也不想把它搬回家去

猛虎伏身

在海南，为什么我不画一片海

这里是海的王国，哪会缺我这一片呢

如果在海面前画海，我会心虚的

像犯了什么错，每一笔都会露拙

在海面前，我是胆小的，仿佛笨手笨脚

一点涛声，都能把我灌满

一点蓝，都能让我跪下，更别说它层叠的浪涌

令我感到一只猛虎伏身的威势

除了敬畏和手足无措，我还能干什么

借 口

海有时是枯燥的，说单调也不为过
它的魅力更多来自于想象
一个老渔夫的海，就是一只饭碗
还得端得小心。一条轮船的海，就是运输
与跑长途的卡车没啥两样
一艘航母的海，就厉害了，它镇压了波涛
又被波涛捆绑着，它的自由不如一只麻雀
俺的海，就是脱下鞋，干脆把裤衩也脱了
还有什么能比海
具备更好的湿身借口

我对海浅尝辄止

一笔下去，海就远了

我捕捉不到它的潮汐，它就在那里

蓝得耀眼，你站在海边，感觉它就是水

多得没有边际。而我是属于陆地的

属于灰尘和雾霾，以此将鱼区分在外

我对海浅尝辄止，仅限于一个观赏者的角色

又如何能够体会一场风暴

海一翻脸，我们就会露怯，躲得很远

多少叶公好龙的家伙，被一次潮水退货

在岸边干瞪眼，悻悻然

而后离开，我们都是被海退出的垃圾

老之将至

如果不照镜子，我又怎会发现

一根根白发，像未经预报的雪

开始下了，镜子向我告密，而在别人眼里

这已经公开，哪怕剃光头也没辙，老之将至

接下来：发疏，齿落，皱纹加深，记忆衰退

我得想好一些事，直到把它想透

然后把它逐渐忘掉，即使多么于心不忍

也要先期别过，我要开始反复抚摸

我所珍视的光阴，它是有质感的

像一件绸衫，我不仅穿在身上

它贴着肉，每一寸都是真的，但必须知道了

早晚都得脱下，你得有所坦然

镜子啊，它把真相出卖给我，你再美

再英俊，又将如何？何况我如此平常

混迹于众生，它还是将我暴露

我能否将镜子掩藏，像遮住人类的伤口

可这徒劳的举动又能改变什么

羽

大神关羽，拥有不死之魂与不死之灵

他的刀因此长耀，令月色俯首于大地

他的美髯因而如旗

令大风成为其仪仗，他的赤面

因而红似紫铜

令下山的太阳跌跌撞撞，像个酒坛

他的凤眼，令多少美人渴望获其青睐

他就是不肯睁眼，除非是怒视强手

而我，乃羽之末代弟子，禀大神精义

以浩气打扫世界

虚 构

从海昏侯墓出土文物中发现

金子是不朽的，那么多马蹄金，仍然金色诱人

令考古人员和广场舞大妈眼睛一亮

文字是速朽的，那刻在竹简上的文字

已如同一堆烂泥，怎么洗，也分辨不出

曾经写了什么。还有玉，也保存尚好

至于青铜器，有些锈蚀了，有些还保存着它的

尊严。只有肉身是最脆弱的

哪怕你生前，为帝为王为侯，千年之后

什么也没有。你眼睛所看到的还在

你的眼睛已经消失

你触摸的世界自然完整

可手早已无存，你拥抱着的美

和用来感受美的器官呢，肉身的消失

使万物变得可疑，如同一场虚构

余 烬

当我老得不能再老了，世上的事

好像什么也干不动了，天下的路再多

哪儿也走不了

我知道我还有一件事可以做

请让我坐在山坡上，看一轮老太阳

缓慢地朝西山平静沉落，而我并非是它

剩下的余烬

造　物

绕着山冈跳舞，低首从她奶子底下

穿过，雪山那么晶莹

仿佛不可抵临的神殿，我只能在远处遥拜

一个头从心里叩下去，从山上出来

朝俺招手，就算到过那里了，来去两便

我无声名之累，仅仅是个凡人

谁要找我麻烦，那是蛋疼，神也不会饶过

老虎也得把他啃了，世界干干净净

大家都是大地的孩儿，谁也别占便宜

时光如水，打磨着天地万物

我们的存在，只为证明造物之伟

愧己书

我并不会感叹生命卑微，它给我太多美好

甚至从厕所出来，也能感受到空气清新

没有比较，我们永远不知道此生有多美

上天真的没有亏待谁，天空与大地都一样

不分厚薄赠给了你我

还有什么可抱怨

我对造物没有意见，只觉得自己还不够好

会斤斤计较于屁大的得失，而忽略了草木山川

对此深感愧疚，我庸碌的行为，但愿没有妨碍

鸟的飞翔和日月星辰的运行

海　魂

那年，想去当海军，却不知道海不好对付

海本身就是海军的敌人，它比航母厉害多了

不吃机枪，手榴弹，炸药那一套

游泳根本不算什么，我的狗扒式对强大的

海防建设，无济于事

只会拖军舰后腿，连累一打救生圈

弄得舰长左右为难

舰艇上的伙食也不是天天吃海鲜，让你过嘴瘾

几个级别的浪头，就够把肚里的龙虾呕出来。海水之蓝里藏着苦盐

跟浪漫不沾边

再大的陆地，也漂在海上

我这个旱鸭子只能在岸边来回走动

给海魂系一系绳缆

大 义

一切都好得不能再好了

天照常亮了，鸟又鸣叫在枝头

世界没有发生大战，我还在睡懒觉

送奶工起得很早

彗星并没有撞地球，那些猜想只是虚惊

该干什么干什么，每天从刷牙洗脸开始

再忙也别忽略寻常小事

再重要的公干，也得先撒泡尿照照镜子再去

即便皇帝，也先让他等着

山呼万岁，也不在意这一小会

好在我已给自个儿作主，只俯身于一地鸡毛

那些不起眼的琐事，才是人生大义

每一桩都藏着些微乐趣，每天躬耕于宣纸

也就是服务于人世

后 记

这些诗，大部分是这一两年的产物，我却仿佛写了一生，是我一生心灵的记录。

——这是我最好的诗篇，这是我最差的诗篇。时间将证明：如果我是一位好的诗人，它们就是好诗；如果我是一个差的诗人，它们连诗都不是。而我是要编一部在今后的岁月中不至于让我脸红并惭愧的诗集。

我是将内心当作白纸写下每一行诗，这是我虔诚面对上苍的写作，上苍有眼，它使我的肉身更紧贴于大地。

大地在我已不再虚妄，正如天空是我必须面对的检视我良知与灵魂的大神，而大地是山川草木与众生，更是我立足与容身的地方——是我的脚步所到之处，是我行走、站立、坐下、躺着与起来的地方。而这——更多是在我的故乡南昌，是近年我居住的沙井——我在这里思考并写作。

这些年我甚至少有涉足城区了，我所指的城区，是赣江南岸南昌老城——我在那里生活了四十余年，现在的居所与出入之地乃赣江北岸新城，与故城一水之隔，人却步入半生之后。由此而始，我也似乎有了更多清静时候，仿佛与已往的热闹、拥堵，与喧嚣的生活发生了抽离——从此岸到彼岸，变得意味深长。

我知道这是一种告别，也是一种更新。我的写作也起了变化，我写下的每一部长篇乃至每一篇诗行，都是一种告别，也是一种更新。明乎此，我反而有了些许的从容与清醒，我要将自己的写作与过去分别开来。我要让每一日变得合乎自然，让每一次写作变得在时间中更有效，这就是让它合乎万物生长之律与天人合一之道，而不拘泥于小术。这些诗，也就从内心生长而出。它属于阳光、雨水，也属于黑夜与雾霾。它生长出来，只是选择了我的大脑和身体。对于诗而言，不存在个人的才华，而存在什么样的诗，选择由什么样的人来写出。如果这些诗是微不足道的，其人也微不足道。如果这些诗是杰出的，自然写它的人也唾手可得一个杰出诗人之名，这并不奇怪。

奇怪的是，我这些诗写出来的过程都不太难，我二十年前在一家刊物上提出的"难度写作"似乎荡然无存，与手上写作的长篇小说相比——很少写作者正视长篇的体量所要求的更多繁复的技巧与元气淋漓的饱满状态及结构能力，一个真正的长篇足以穷尽一个作家之能。诗相对于我所认为的长篇写作，令我恍然产生了轻而易举之感——这无疑是一种自我虚拟的假象——此前我已畏敌如虎般进行了数十年诗歌写作的严格训练，诗作已发遍了大大小小的刊物，赢得了一些过早的薄名。我停顿十余年之后再度写诗，就是要将自己的写作与一度的"薄名"切割，回归一种面对上苍与内心交代的无名状态的写作。这种无名状态的写作，因无功利之累，便也看似轻松，但当我每一次复读这些诗，都感到其如同天体般与万物的紧密联接，是无法轻易用一个词来判定的。我感到它合乎万物生长之律，而不是相反。如果你的写作违反了万物之律，它必然纠结万般，会陷于物是人非的泥沼。我必须说明的是，当一个写作时期开始之前，我已停笔十余年没有写诗了。那是从形而下到形而上的一种迁徙，从赣江之南迁到赣江以北，从写诗迁移至长篇小说，当然我的长篇小说在赣江以南就已开始写作并且已经出版，而诗的转折与再度进入是在赣江北岸，且密集地发生在我

写作长篇与不停绘事的同时，它们抢着生长，并呱呱落地。我是惊喜而惶惑的，但我明白我做了什么。

我头顶天堂，匍匐在神灵的土地上，为这些诗篇接生，如此而已。

如果这是一个大师的时代，或许大师已先我而诞生，我的一切努力，都是对于大师的练习。此外，我必须感恩于天地万物，其神形完备，让我存活并写作，感恩父母亲人与每一口粮食与书页。同时感谢我引以为一生的知友姚雪雪，这位百花洲文艺出版社美丽的女船长，我们经历过诗歌的黄金年代，并为其余响而存留着一颗诗心，感谢她作为一位诗人、杰出散文作家与出版人出版这部诗集《妖娆罪》——让诗再度妖娆。

程　维

2017.4.22于南昌红谷滩